안녕히 계세요 여러분

# 안녕히 계세요 여러분

김 정 지음

# Contents

**II**

Ⅲ

그래, 나는 이제 자유의 몸이다

20대 내내 누가 어떤 범죄를 저질렀다는 이야기, 어디서 무슨 사고가 났다는 이야기, 그래서 사람이 다쳤다는 이야기 등을 전하며 살았습니다. 기억에 남진 않으셨더라도, 지금 이 책을 집어든 분들 중 상당수는 리모컨을 들고 채널을 돌리다가 티비 속 저와 한 번쯤은 눈을 마주쳤을 지도 모르겠습니다. 생방송 뉴스를 진행하는 일은 언뜻 굉장히 치열하고 긴장되고 또 스트레스를 주는 일처럼 들리지만, 저에게는 잘 맞는 옷을 입은 것처럼 딱 들어맞는 일이었습니다. 어릴 적 장래희망란에 적었던 꿈이 실제로 이루어진 것이지요.

당신은 어떤 일을 할 때, 누구와 있을 때, 무엇을 가졌을 때 가장 행복한가요? 누구나 어떤 계기로든 깊은 행복을 느껴본 적이 있을 겁니다. 어쩌면 한순간에 그것을 잃어본 경험도 있을 테지요. 서른이 되던 해에 백수가 되었습니다. 그토록 좋아하던 일을 더이상 하지 못하게 되니 앞이 깜깜했습니다. 재취업을 하고 또 계약해지가 되는 과정 속에서, 직장은 없지만 직업은 유지하기 위해 노력했습니다. 어릴 때부터 사주를 보면 '말로 벌어 먹고 살 팔자'라고 하던데 아주 틀린 말은 아니었나봅니다. 더이상 티비에 나오는 사람은 아니지만 그래도 원하면 언제든 볼 수 있는 곳에서 활동하고 있습니다.

콕 집어 '그래서 너는 무슨 일을 하는 사람이냐'라고 물으신다면 대답하는 데 꽤 오랜 시간이 걸릴 것 같습니다. 이런저런 제가 좋아하고 잘 하는 일들을 하고 있습니다. 앞으로도 가짓수를 더 늘려볼 계획입니다. 한 군데 소속되어 일하는 직장인이 아니라 뭐든 하고 싶은 것들을 자유롭게 하는 프리랜서이기 때문에 마음만 먹으면 열 개의 직업도 가질 수 있겠지요. 현재로서는 그 중 다섯 개 정도의 분야를 경험했습니다. 이 책의 페이지 곳곳에 제가 했던 일, 하고 있는 일, 앞으로 하고 싶은 일들을 적어 놓았습니다.

결혼은 일부일처제지만 직업에 대해서는 그렇지 않더라고요. 나와 꼭 맞는 하나의 직업만 찾아야 하는 게 아니었습니다. 마치 한 가지 일을 진득하게 하지 못해 이것저것 건드려보는 사람처럼 비쳐질까봐 부끄러웠던 적도 있습니다. 하지만 안될 것 없잖아요? 당신이 행복해질 수 있다면, 그래서 삶을 보다 가치있게 느낄 수 있다면 어떤 일이든, 몇 개의 일이든 힘이 닿는 데까지 해보면 좋겠습니다. 저도 이 세상의 모든 압박과 불안을 벗어던지고 제 직업을 더 찾으러 떠납니다. 안녕히 계세요 여러분!

I

'시청자 여러분 안녕하십니까'
늘 똑같은 말로 시작하지만
중간에 어떤 속보가 들어올지
그래서 얼마나 길어질지
아무것도 예측할 수가 없어요.
이게 뉴스이고 생방송이죠.
우리 인생의 축소판 같아요.

아나운서 시험에는 수백, 많게는 수천 명의 지원자가 몰려든다. 1차, 2차, 3차······ 면접이 이어질 때마다, 가을철 나무를 흔들면 떨어지는 낙엽처럼 우수수 탈락자가 발생한다. 지원자들은 저마다 다음 면접까지 살아남기 위한 필사적인 노력, 일명 '필살기'를 준비하는데, 나의 경우엔 솔직함이 무기였다. 모두가 자기 자신을 예쁘고 화려한 포장지로 포장하려고 애를 쓸 때, 무심한 듯 낡은 신문지로 대강 싼 물건이 더 돋보일 수 있기 때문이다. 마치 요즘 유행하는 '꾸안꾸(꾸민 듯 안 꾸민듯) 스타일'처럼, 무심한 것이 세련되어 보이려면 사실 더욱 치밀한 계산이 필요한 법이다. 문제는 나의 솔직함에는 때때로 그런 세련미와 치밀함이 빠져 있었다는 것.

어느 회사든 자기소개서 항목이나 면접에서 지원 동기를 묻는다. '왜 아나운서가 되고 싶은가요?' 실제로 이 질문이 면접장에서 나온 적이 있었다. 네 명의 지원자가 한 조가 되어 면접장에 들어가 면접관을 마주보고 나란히 앉았다. 우리 네 명 중 단 한 명만이 이 치열한 경쟁에서 살아남게 될 것이었다. 같은 질문이라도 각자 어떻게 대답하느냐에 따라 운명이 갈리게 되겠지. 엄청난 긴장과 부담을 느끼면서 첫 번째 지원자가 입을 열었다. 그는 '국민께 정보를 전달하는 역할을 하고 싶어서'라고 대답했다. 두 번째 지원자는 '저의 밝은 에너지를 통해 시청자 분들께 희망을 드리고 싶어서'라고 대답했다. 두 대답 모두 면접장에서 흔히 들을 수 있는 무난하고 일반적인 답변이었다.

그런데 나는 이 질문에 대해 오래 전부터 생각했던 것이 있었다. 정말 시청자들에게 알찬 정보나 밝은 에너지를 전달하고 싶어서 우리가 아나운서를 꿈꾸는 걸까? 가슴에 손을 얹고 양심적(?)으로 생각해봤을 때 그건 아닌 것 같았다. 적어도 나는 아니었다. 우리 모두가 알고 있지만 차마 입 밖으로 꺼내어 말하지 않는 이유, 아나운서라는 직업에 대한 환상을 가지는 이유는 사실 아주 단순하다. '멋있어 보이니까'. 조금 더 와닿게 설명하기 위해 속어를 사용해 표현하자면 '간지나니까!'. 자, 우리 모두 솔직해져보자. 티비를 틀었는데 예쁘고 똑똑해보이는 사람이 깔끔한 헤어, 메이크업, 의상까지 갖춘 완벽한 모습으로 뉴스를 진행하는 모습이 나온다. 어느 누가 그 모습을, 혹은 그 자리를 탐내지 않을 수 있을까. 장래희망 란에 '아나운서'라고 적는 건 이 장면에서 시작되지 않았을까?

　세 번째 지원자, 내가 대답할 차례가 되었다. 앞서 '국민에게 중요한 정보 전달'과 '시청자와 밝은 에너지 공유' 같은 대답이 나온 이상, 더 강한 인상을 남기기 위해서는 '세계 평화' 정도의 스케일은 되어야 했다. 나와 나란히 앉은 나머지 세 명의 지원자, 나아가 대부분의 아나운서 지망생들이 공통적으로 마음에 품고 있는 이 날것의 답을 과연 입 밖으로 꺼내어 말해도 되는 걸까? 내가 알기론 아직 누구도 차마 이 답변을 면접관 앞에서 말한 사람은 없었다. 그래서 내가 해보기로 짧은 순간 결정을 내렸다. 사실 격식 없이 친한 누군가가 물어봤다면 '간지나잖아!'라고 대답했겠지만, 그래도 아나운서 시험이니까 나름대로 한글로 순화해 답변을 했다. '멋져 보이니까요'.

　그 답을 내뱉은 순간의 짜릿함과 통쾌함을 아직도 잊을 수가 없다. 마치 안데르센의 동화 '벌거벗은 임금님'에서 '임금님이 벌거벗었다!'고 소리친 아이가 된 기분이랄까. 실은 내가 그 아이처럼 순수하거나 용감해서가 아니라, 정말 딱히 다른 답이 생각이 나질 않아서였다. 아직 아나운서가 되어보지 않았기 때문에 그 책임감이나 역할에 대해 자세히 알지 못했고, 따라서 직업적 자부심과 포부 같은 것도 구체적으로 그려 볼 기회가 없었다. 정확하진 않겠지만 면접관들의 표정으로부터 유추해보자면 내 답변을 들은 세 분 모두 '재미있군'이라고 느끼신 듯했다. 나쁘지 않은 반응이라 다행이었다. 동시에 양 옆에 앉은 지원자들의 머리 위로도 강력한 느낌표 세 개가 '!!!' 뜨는 걸 느낄 수 있었다. 나는 그 면접에서 '합격' 통보를 받아냈다.

이렇게 솔직함은 강력한 무기가 되어 면접에서 나를 살아남게 했다. 하지만 사회생활을 시작하면서부터는 때로는 나와 남을 다치게 하는, 다른 의미에서의 무기가 되어 버리기도 했다. 대학교를 갓 졸업하고 우선 주말에만 계약직으로 라디오 방송을 시작했다. 월급이라고 해봐야 80만원 정도였기 때문에 주중에는 다른 일을 해야 했다. 그러던 어느 날 팀장으로부터 전화가 걸려왔다. '내가 새로 부임했으니 주중에 한번 인사를 하러 나오라'는 전화였다. 하지만 당시 주중에는 다른 곳에서 일을 하고 있었기 때문에 인사를 하러 나갈 수가 없는 상황이었다. 우리나라 기업 정서상 팀장이 새로 왔다는데 나가서 얼굴 비추고 인사를 나눠야 하지 않겠는가 싶겠지만, 나에겐 내 생계가 더 중요했다. 당시 나는 메인 아나운서들이 쉴 시간을 만들어주기 위해 주말에만 몇 시간씩 방송을 하고 있었는데, 가끔 팀장님도 주말 당직으로 출근하시곤 했기 때문에 주말에 출근하시면 얼굴 뵙고 인사를 하면 되지 않나 하는 생각이 들었던 것이다.

물론 이번에는 그런 생각을 입 밖으로 내지는 않았다. 새로 온

팀장과 15분 정도 인사를 나누기 위해 하루 일당을 손해 보는 걸 감수하고 울며 겨자 먹기로 주중에 회사에 나갔다. 기분이 썩 좋진 않았지만, 남들이 차마 말하지 않는 것을 이번에는 나도 말하지 않고 잘 참았다는 생각이 들었다. 문제는, 혀는 참은 것을 눈·코·입 전체가 표현해버리고 만 것이다. 나름대로 인내심을 발휘해 꾹꾹 눌러 담은 그 말을, 내 이목구비가 더 크게 외쳐버렸나보다. '왜 저를 굳이 주중에 불러내셨어요? 인사는 주말에 나눠도 되잖아요!' '저는 이 간단한 인사를 위해 오늘 하루 일당을 포기하고 온 거라구요!' 차라리 말을 하지… 말보다 더한 솔직한 표정이라니. 듣는 사람 입장에서는 더 기분이 나쁠 일이 아닌가. 나는 왜 이렇게 솔직한 눈·코·입을 갖고 태어났을까. 하필이면 그것들 모두 다 큰 편이라 표정이 더 잘 보인단 말이다. 앞서 이야기한 그 면접관들처럼 팀장님 역시 '재미있군'하는 표정이셨던 걸로 기억한다. 다만 그 뉘앙스가 '매우' 달랐다.

이렇게 천방지축으로 사회생활을 시작한 이후에도 나는 때때로 직원들 사이에서 '하고 싶은 말을 대신 해주는 사람'이 되어버렸다.  대학을 다닐 때에는 같은 과 오빠들 몇몇이 수업을 듣기 싫은 날이면 나를 부추겼다. 그러면 항상 내가 나서서 교수님께 야외수업하자고 조르곤 했다. 시간이 흘러 학교가 아닌 회사에 와보니 그런 귀여운 수준의 문제들만 있는 건 아니었다. 하지만 여전히 팀 내에서 불만이 생기면 나는 부장이나 팀장에게 달려가 항의를 하곤 했다. 덕분에 나는 퇴사한 이후에도 같이 일하던 동료들이나 카메라 감독님, 조연출 친구들과는 좋은 관계를 유지하고 있지만 팀장 이상급 분들과는 거의 연락을 하지 않는다. 어쩔 도리가 있나. 솔직한 눈·코·입을 타고난 자의 업보렸다!

그러고 보니, 답변을 내뱉고 면접관들의 표정을 살피느라
네 번째 지원자의 답변을 잘 듣지 못했네요!
그 분은 뭐라고 대답했을까요.
제 답변 때문에 당황했을 수도 있다고 생각하니
괜히 미안해집니다 ㅠㅠ

## 중간 인상

    '첫인상'이라는 말은 많이 쓰지만 '중간 인상'이라는 말은 없다. 하지만 이 단어는 내게 꼭 필요한 표현이다. 어린 시절부터 나는 어느 집단에 속하든 줄곧 '첫인상 좋음-중간 인상 안 좋음-끝 인상 역전'의 패턴으로 지내왔기 때문이다. 초반에는 호기심과 관심을 불러일으키는 대상이었다가, 중간쯤에는 경계 혹은 미움의 대상이 되었다가, 결국에는 평화롭게 마무리되는 식이다. 이 지독한 굴레는 초등학교와 중학교에 다니던 때부터 시작되었다. 내가 학교에 다닐 땐 'X 언니', 'X 선배' 같은 표현이 있었다. 누가 내게 시비라도 걸면 대신 가서 혼내주고 괴롭힘을 당하지 않게 막아주기도 하는, 소위 '백'이 되어주는 선배를 그렇게 불렀다. 그렇게 1대 1로 'X 언니', 'X 동생'을 맺어서 친밀한 관계를 유지하는 문화가 잠깐 유행했는데, 어린 내 눈에는 그게 참 이상해 보였다. 그런 관계 자체보다도, 그걸 하필 'X 언니'라고 이름 붙이고 실제로 서로를 그렇게 부르는 모습을 보면 양 손과 발이 오그라들 것만 같았다. 게다가 주변 친구들을 보니 매일같이 'X 언니'에게 편지를 써서 갖다 바치는 게 여간 귀찮아 보이지 않았다.

사실 나에게도 'X 콜'이 여러 차례 왔었다. 'X 언니 동생' 관계를 맺자고 하는 러브콜을 부르는 나만의 용어다. 당시 그런 문화에 전혀 관심이 없던 나는 용감하게도 그 제안들을 모두 거절했었다. 나가서 뛰어놀기에도 시간이 부족한 초등학생에게 'X 언니'의 존재는 '백'보다는 짐처럼 느껴질 것 같았기 때문이었다. 이렇게 내게 거절당한 언니가 서너 명이 넘어가자, 첫인상이 좋아 'X 콜'을 받았던 나는 아주 안 좋은 '중간 인상'을 남기게 되었다. 그리고 그때부터 사사건건 시비를 걸어오는 언니들에게 시달려야 했다. '왜 굽 있는 신발을 신고 학교에 오느냐', '교복 치마 끝단이 왜 이렇게 A라인으로 퍼지냐' 등등 지금 보면 귀엽기까지 한 사소하고 소소한 문제들로 대역죄인마냥 취조를 당하기 일쑤였다. '그냥 X 맺자고 할 때 맺을 걸 그랬나' 하는 후회가 되기도 했다. 하지만 이미 때는 늦었다. 누구도 이제 와서 나의 'X 언니'가 되어줄리가 없었다.

그런데 시간이 지나면서 분위기가 묘하게 변하기 시작했다. 누구든 유난스럽게 가까이 지내다 보면 서로의 단점이 보이기 마련. 그 수많은 'X 언니', 'X 동생'들 간의 얽히고설킨 갈등이 생겨나면서, 자연스레 이 유난스러운 무리들은 다른 누군가에게 경쟁적으로 자기 고충을 털어놓기 바빴다. 이 과정에서 찾아가기에 가장 안전한 사람이 누구였을까. 그렇다. 아무와도 X 관계를 맺지 않은 나였다. 마치 전쟁 중의 중립국과 같은 역할이랄까. 그렇게 피 튀기는 신경전 속에서 마침내 나는 그 어떤 언니에게도 괴롭힘을 받거나 잔소리를 듣지 않는 자유를 쟁취했다! 결국 어부지리 격이긴 하지만 나를 괴롭히거나 험담했던 언니들과의 관계가 원만해진 상태로 학기를 마칠 수 있었다.(하지만 고등학교에 가서 누가 X 맺자고 하면 그냥 그러자고 다짐했다.)

시간이 흘러 대학교에 입학했을 때도 상황은 크게 다르지 않았다. 동아리를 들었는데, 초반에는 그럭저럭 적응을 해 가다가 한두 달쯤 후부터 한 기수 위의 선배 몇몇이 나를 유난히 미워하기 시작했다. 또 '중간 인상' 악화 주기가 찾아온 것이다. 표면적인 이유는 인사를 잘 하지 않는다는 거였다. 하지만 커다란 캠퍼스에서 아직 얼굴도 다 외우지 못한 다양한 학과의 동아리 선배들에게 빠짐없이 인사를 건네기란 지금 생각해도 쉬운 일이 아니다. 재수를 하는 바람에 한 학번 위의 선배들과 나이가 같았는데, '말 놓고 지내자'는 한 선배의 말에 순진하게 말을 놓았다가 다른 선배들에게 크게 혼이 나기도 했다. 재밌으려고 시작한 동아리 활동 때문에 스트레스를 받게 되자 '그만둘까' 하는 생각이 들었다. 하지만 이렇게 떠나기엔 뭔가 억울했다. 나는 '중간 인상'이 안 좋았더라도 여태껏 '끝인상'을 나쁘게 남긴 적은 없었다. 나쁜 선례를 만들 순 없었다.

이때부터 나의 '끝인상 역전 작전'이 시작되었다. 초, 중학교에 다닐 땐 얼떨결에 해결된 문제였지만 이제는 내 힘으로 노력을 해야 할 것 같았다. 시력이 아주 안 좋은 나는 안경과 렌즈를 번갈아 착용해가며 캠퍼스 저 끝에서라도 선배들의 얼굴이 보이면 달려가서 큰소리로 인사를 했다. 하라는 건 다 하고, 하지 말라는 건 하나도 하지 않았다. 그리고 마침내 결정적인 역전의 기회가 찾아왔다. 동아리에 들어간 후 처음 맞는 '고연전' 날이었다. 이날 경기가 끝나고 두 학교 학생들이 모여 엄청난 양의 술과 안주를 해치우는데, 나로서는 술 취한 선배들을 챙겨주기에 딱 좋은 기회였다. 신입생이었지만 나는 그날 술 마시고 노는 건 뒷전으로 하고, 술 취한 선배들을 찾아다니며 토할 때 등을 두드려 주기도 하고 머리카락도 잡아주면서 동분서주했다. 그날 이후 나의 동아리 생활에도 평화가 찾아왔다.

학교를 졸업하고 사회생활을 시작한 초반에도 마찬가지로 집단에 적응하는 데에 어려움을 겪었다. 하지만 이번엔 '늘 겪던 과정이니 이번에도 결국은 잘 해결되겠지'라고 조금은 느긋하게 생각할 수 있게 되었다. 그리고 나에게는 이미 수많은 '끝인상' 역전의 경험들이 있지 않은가! '중간인상'이 좋지 않을수록 이미지 역전은 더 쉽고 극적이다. 맹랑함으로 보였던 모습들이 사실은 털털함이라는 걸 깨닫게 해주기만 하면 될 일이니까. 그런 내 진짜 모습을 알게 된 선배들은 바로 그 모습 때문에 나를 오랫동안 좋아하고 아껴주고 있다. 그리고 이 고군분투의 과정을 거치며 한 가지 깨달은 진리가 있다. 사회생활을 시작할 때에는 학창 시절 'X 언니'를 대할 때처럼 때로는 손과 발이 오그라드는 정성을 쏟아야 한다는 것. 이제껏 나는 어색함을 핑계로 그런 노력이 참 부족한 사람이었다는 것.

사회 생활을 몇 년 해보니
오히려 'X 언니'가 있었으면 좋겠네요!

# 여자 아나운서 같은 게
뭔데요

신촌에 있는 한 아나운서 학원에 다닐 때의 일이다. 뉴스 리딩을 하고 선생님의 피드백을 받던 도중 지금까지도 잊을 수 없는 한마디를 듣게 되었다. "정아, 너 여자야. 여자처럼 읽어야지." (참고로 나의 뉴스 리딩은 힘차고 씩씩한 편이다.) 그땐 그 말을 그저 농담처럼 받아들였기 때문에 '푸핫'하고 웃어넘겼지만, 두고두고 생각할수록 그 의미가 묘하다. 이후 우연히 보게 된 한 여성용품 광고 영상을 보고 그 찜찜함의 이유를 찾을 수 있었다. 성인들에게 '소녀처럼 뛰어보세요(Run like a girl)'라고 했더니, 요상하게 엉덩이를 실룩거리거나 소극적으로 달리는 모션을 취해 보였다. 그러나 정작 그런 묘사의 대상인 소녀들은 같은 지시를 듣고 전혀 다른 달리기 포즈를 보여주었다. 그냥 '열심히' 달리는 모습. '여자처럼 읽는다'는 게 뭘까? 내가 여성이니까 내가 읽으면 당연히 '여성의 리딩'이 되는 게 아닐까? 왜 힘찬 리딩은 남자들이 해야 자연스럽다고 받아들이는 걸까? 선생님의 지적을 받았던 그

때, '나다운 게 뭔데요?'라는 드라마 단골 대사처럼 분위기를 잡고 이렇게 한번 말해볼 걸 그랬다. "여자다운 게 뭔데요?"

돌이켜 보면 씩씩한 성격이었던 나는 어릴 때부터 '여성스럽지 않다'는 말을 많이 들으면서 자랐다. 때로는 여자인 친구들보다 남자인 친구들과 더 비슷한 점이 있다고 느꼈고, 그래서 남자인 친구들과도 가깝게 잘 지내곤 했다. 누가 여자와 남자는 절대 친구가 될 수 없다고 했는가. 나는 지금도 가깝게 지내는 일명 남자 사람 친구, '남사친'들이 몇 명 있다. 그리고 우리는 절대 서로의 털끝 하나도 건드리고 싶지 않은 마음과 서로를 매우 소중히 아끼는 마음을 동시에 품고 지내오고 있다. 예전에 사귀었던 남자친구는 내가 유난히 남사친이 많은 것 같다고 불평하면서, 여사친과 남사친의 비율이 얼마나 되느냐고 물었다. 가깝게 지내는 친구들이 꽤 있었지만, 그중 누가 남자고 여자인지 의식하며 따져본 적이 없어서, 대답을 하기 위해서는 전화번호부를 보고 직접 세어 봐야만 했다. 나는 친구를 사귈 때 그게 남자건 여자건 그저 나와 잘 맞는 사람인지를 본다. 남자 친구, 여자 친구가 아니라 그냥 친구를 만들고 싶은 것이다.

어릴 적 나의 장래 희망이었던 아나운서에 관해서도 마찬가지다. 나는 아나운서가 되고 싶었지, '여자 아나운서'가 되고 싶다고 생각하진 않았다. 하지만 막상 아나운서가 되고 보니, 우리나라에서는 여자 아나운서에 대한 정형화된 이미지 혹은 환상이 뚜렷이 존재했다. 여성 아나운서에 대해 이야기할 때 '지성과 미모를 겸비한'이라는 문구가 자주 등장한다. '지성과 카리스마', 혹은 '씩씩함과 멋짐' 같은 표현은 들어본 적이 없다. 검색창에 '여자 아나운서'라고 치면 '예쁜'이나 '노출' 같은 연관 검색어가 달려 나오기도 한다. 다들 뉴스는 안 듣고 여자 아나운서 얼굴만 쳐다보나 하는 생각이 들 정도다. 나는 티비 뉴스를 진행하기 전 라디오 방송을 하면서 경력을 쌓았는데, 아이러니하게도 라디오 일을 하는 동안 의상 때문에 가장 많은 스트레스를 받았었다. 라디오 뉴스였으므로 당연히 시청자들은 우리 모습을 전혀 볼 수가 없는 데다, 계속 앉아서 근무하며 뉴스를 진행해야 하기 때문에 편한 차림으로 가는 것이 일을 할 때 훨씬 좋았다. 그래서 나는 주로 원피스나 정장 대신 티셔츠와 청바지, 굽이 높은 구두 대신 운동화를 신고 출근했다. 그러다 결국 몇몇 선배들이 '무슨 아나운서라는 애가 옷을 저렇게 입고 다니냐'고 뒤에서 수군대는 걸 우연히 전해 듣게 되었던 것이다.

'아나운서 같지 않은 애'라는 소리는 나를 한 번 더 기가 막히게 했다. 나는 분명 여자인데 여자 같지 않다더니, 이제 아나운서인데 아나운서 같지 않단다. 사실 '아나운서 같은 애'들을 찾으려면 신촌 아나운서 아카데미로 가면 된다. 취직하기 전 학원에 다니거나 스터디 모임을 하면서 만나 본 지망생들 중에는 퍽 아나운서 같은 모습을 하고 있는 사람이 많았다. 그들은 아나운서 같은 머리, 아나운서 같은 화장을 하고, 아나운서 같은 의상을 갖춰 입고서 진짜 아나운서가 되기 위해 노력하고 있었다. 이들은 왜 온갖 정성을 들여 '아나운서 같은' 것들을 열심히 따라 했을까? 그에 대한 답은 아이러니하게도 그들은 아직 지망생이지, 실제 아나운서가 아니었기 때문이다. 그러니까 이미 아나운서가 된 나는 이제 더이상 그렇게 '아나운서 같은 것'들을 따라 할 필요가 없는 것이다. 마치 내가 여성이기에 '여성 같은' 행동과 모습을 따라 하거나 만들어내야 할 필요가 없듯이.

아나운서 준비 스터디에서 만난 친구들 중에는 자유로운 옷차림의 나를 조금 이상하게 생각하거나 '쟤는 합격하긴 어렵겠다'는 시선으로 보는 사람이 간혹 있었다. 뉴스 연습을 하러 스터디 모임에 갈 때는 지하철을 타고 많이 걸어야 해서 항상 운동화를 신었고, 꽤 오랜 시간 동안 집중해서 연습해야 했기 때문에 편한 티셔츠와 청바지를 주로 입었다. 이런 나와는 달리 항상 머리끝부터 발끝까지, 소위 '풀 세팅'을 하고 나타나는 친구들을 볼 때면 나는 그 부지런함에 그저 감탄할 뿐이었다. 하지만 나는 가장 중요한 건 겉으로 보이는 '아나운서 같음'이 아니라, 진짜 아나운서가 되기 위한 나만의 경쟁력을 키우는 것이라고 생각했다. 수백

대 일, 수 천대 일의 경쟁에서 살아남을 정도의 경쟁력은 뭔가를 따라하기만 해서는 절대 만들어지지 않는다. 물론 현직 아나운서들을 보면서 연습하고 따라 해보는 건 아주 좋은 연습 방법이다. 하지만 거기에서 그친다면 아나운서가 아니라, 아나운서 같은 사람에 머물고 만다. 진짜 프로는 늘 세팅을 하고 다니는 사람이 아니라, 편하게 있다가도 '온 에어' 불빛이 들어오면 '반짝'하고 변신할 수 있는 사람이다.

한 친구가 어느 날 저에게
'너는 유니섹스(Uni-sex)한 사람이야'
라고 했어요.
왠지 모르게 기분이 좋았어요.

방송을 하는 사람이라면 누구나 기억에 남는 에피소드와 추억을 몇 가지씩 가지고 있기 마련이다. 대학을 졸업하자마자 라디오 방송국에서 일을 시작한 나는 천방지축 학생의 모습을 숨기며 어엿한 방송인인 척하느라 부단히 노력하고 있었다. 하지만 티비나 영화에서만 보던 '온 에어' 사인이 달린 방송 부스에 들어가서 동그란 원반 모양의 마이크 앞에 처음 앉았을 땐, 크리스마스에 오랫동안 가지고 싶어 하던 장난감을 선물 받은 아이처럼 설레고 신나는 감정을 감출 수 없었다. 그렇게 몇 달간 내 목소리가 전파를 타고 세상에 전해졌을 무렵의 어느 날, 야간 방송을 마치고 집으로 가는 막차 버스를 놓쳐 어쩔 수 없이 택시를 탔다. 인사를 건네고 목적지를 말씀드렸는데 택시 기사님이 눈을 동그랗게 뜨고 슥 뒤를 돌아보셨다. "방금 들은 목소린데?" 내 인생 처음으로 누군가 나를, 아니 내 목소리를 알아봐 준 경험이었다. 이건 크리스마스 선물과도 비교할 수 없을 만큼 뿌듯하고 짜릿한 첫 기억이다.

아나운서 목소리를 알아봐 주실 만큼 버스와 택시 기사님들은 라디오 방송을 가장 많이 듣는 분들이다. 오랜 시간을 운전하시면서 늘 라디오를 틀어놓고 계시기 때문에, 기사님들이야말로 우리 방송의 VIP인 셈이었다. 당시 나는 뉴스만 전달하는 게 아니라 종종 문자로 사연과 신청곡을 받으며 청취자와 소통하는 방송도 했었다. 어릴 때부터 그토록 꿈꾸던 라디오 DJ가 되어볼 수 있는 기회였다. 하지만 주요 청취자의 평균 연령대가 높다 보니, 내가 상상했던 것과는 분위기가 조금 달랐다. 우리 프로그램 앞으로 도착한 사연들은 '오늘은 길이 많이 막혀 담배를 태우며 듣고 있습니다'와 같은 내용들이었고, 신청곡은 내가 잘 알지 못하는 7-80년대 올드 팝이나 트로트가 대부분이었다. 정서와 취향에 맞지 않는 사연과 신청곡에 당황스러워하던 나는 어느 날 지인에게 '긴급 구조 요청'을 했다. 내 방송 시간에 아무 내용이라도 좋으니 짧은 사연과 함께 최신곡 좀 신청해달라고 부탁한 것이다. 한 번만이라도 최신곡을 틀고 싶은 욕심에서였다. 방송국으로 도착한 문자들은 종종 DJ 권한으로 선택해 읽을 수 있었기 때문에 나는 자연스럽게 최신곡을 신청한 사연을 고르면 되었다. 주가 조작이나 댓글 조작 같은 심각한 사안이 아니고 약 9년 전쯤의 일이니 너그러이 용서받을 수 있지 않을까 싶어 조심스레 털어놓아 본다.

반면 애교로 넘기기에는 다소 심각한 일도 있었다. 라디오 뉴스는 매 시각 정시 '땡'하면 시작해야 하고, 끝나는 시각도 '한 시 오십육 분 오십칠 초' 이런 식으로 초 단위까지 정확히 맞춰야 한다. 여기에서 조금만 어긋나도 방송 사고가 되는 것이다. 따뜻함을 넘어 살짝 더워지기 시작하던 어느 날, 지하철에 문제가 생겨 출근 예정 시간보다 한참이나 늦게 되었다. 상사와 선배들로부터 십 분마다 돌아가며 전화가 걸려 왔고, 내 속은 바짝바짝 타들어 갔다. 겨우 서울역에 도착해 지하철 문을 박차고 튕겨지듯 뛰어내려서 단숨에 회사까지 육상 선수처럼 달려갔다. 그렇게 방송 시작 시간 약 20초를 앞두고 아슬아슬하게 부스에 들어갔다. 거칠게 숨을 헐떡이는 나를 보며 선배가 물었다. "너 방송 할 수 있겠어? 못하겠으면 나와. 내가 할 테니까." 그때 나는 그냥 나왔어야 했다. 하지만 까마득한 후배였던 나는 도저히 "그래 주실래요? 제가 너무 숨이 자서요."라고 할 수가 없었다. 급하게 자리에 앉아 폐활량을 최대한으로 활용하며 호흡을 가다듬으려 했지만 역부족이었다. 5, 4, 3, 2, 1, 땡. 큐 사인이 떨어지고 가쁜 숨을 몰아쉬면서 첫 마디를 뱉었다. "시청자 혀러분(헉헉) 한녕하십니까하(헉헉)" 가수 박진영 씨가 '공기 반 소리 반'을 늘 강조하던데, 그날 내 목소리는 '공기 90, 소리 10으로 이루어져 누가 들어도 거의 흐느끼는 수준이었다.

마지막으로, 라디오 방송 일을 했던 기간 중 최대 도발을 한 가지 고백하고자 한다. 이 이야기는 쓸까 말까 정말 고민을 많이 했다. 당시 나는 성시경 씨가 진행하는 라디오 프로그램 '음악 도시'에 푹 빠져 있었다. 요일마다 다른 코너들도 모두 좋아했고, 무엇보다 성시경 씨의 목소리와 진행 실력에 매료돼 하루라도 듣지 않으면 궁금해서 견딜 수 없을 정도였다. '음악 도시'는 밤 열 시에 시작해 자정에 끝났는데, 당시 내 뉴스 시간과 정확히 겹쳤다. 결국 나는 두 마리 토끼, 아니 두 가지 방송을 모두 놓치지 않기로 했다. 내 방송을 하면서 '음악 도시'도 동시에 듣기로 한 것이다. 뉴스를 진행할 때에는 간단히 소식을 전한 후 '○○○ 기자의 보돕니다.'라고 끝맺으면 기자가 미리 취재를 해서 만들어 둔 파일이 재생된다. 바로 이때 짧게는 1분, 길게는 3분 정도의 짬이 생기는데, 이렇게 내가 멘트를 하는 순간만 제외하고 나머지 시간에는 몰래 '음악 도시'를 들었다. 라디오 진행 부스에는 나 혼자만 앉아 있었기 때문에 아무도 이런 사실을 알 수가 없었다. 아나운서들은 바깥에 앉아있는 피디나 엔지니어와 소통하기 위해 이어폰을 꽂고 있어야 했는데, 그래서 한쪽 귀에는 우리 방송국용 이어폰을, 다른 쪽 귀에는 '음악 도시'가 흘러나오는 이어폰을 꽂았다. 고해성사는 이걸로 끝이다. 나의 죄를 사하노라!

회사에서 일하는 척하면서
인터넷 쇼핑을 한다거나,
집중하는 척하면서
이어폰으로 '컬투쇼'를 듣는다거나.
다들 한 번쯤은 그러시잖아요? 😉

한 영상 실험에서 네 명의 남성을 보여주고 '다음 중 누가 게이일까요?'라는 질문을 했다. 실험 참가자들은 아기자기한 소지품을 가지고 다니거나 화려한 머리 스타일을 한 남성을 주로 꼽았는데, 예상을 깨고 아무도 지목하지 않았던 한 남성이 게이로 밝혀졌다. 겉모습이나 행동, 말투 모두 그저 길에서 흔히 마주칠 법한, 특이할 것이 전혀 없는 평범한 남성이었다. 사실 애초에 겉모습만 보고 누가 동성애자인지 맞혀보라는 이 질문 자체가 '지금부터 당신이 얼마나 고정관념에 사로잡힌 사람인지 보여주겠다'는 의도를 품고 있다. 고정관념은 종종 뭔가를 '퉁 쳐서' 받아들이고 판단하곤 하는 데서 시작된다. '외동으로 자란 아이들은 이기적일 것이다', '혈액형이 A형인 사람들은 소심할 것이다', '게이들은 섬세할 것이다' 등등. 그러다 간혹 이타적인 외동, 대범한 A형, 터프한 게이라도 만나게 되면 의외라며 놀라게 되는 것이다.

나 역시 아나운서라는 직업을 선택하게 되면서, 심지어 아나운서가 되기도 전부터 '의외네요'라는 말을 수도 없이 들었다. 대학생 시절 새 학기가 시작된 지 얼마 되지 않았던 어느 봄, 긴 방학이 끝나고 오랜만에 마주친 선배와 캠퍼스 구석에 앉아 이런저런 이야기를 나누었다. 방학 때 뭘 하면서 지냈냐기에 '아나운서 학원에 다니기 시작했다'고 털어놓았다. 왠지 모르게 아나운서 시험을 준비한다는 이야기는 참 꺼내기가 민망해서, 그때까지 누구에게도 아나운서 지망생이라는 걸 밝힌 적이 없었다. 내 이야기가 가능한 한 평범하게 들리길 바라며 최대한 덤덤한 척 말하려고 노력했다. 하지만 내 바람과는 다르게, 한 마디 한 마디를 뱉을 때마다 선배의 눈이 점점 더 커졌다. 선배는 한동안 짓궂은 표정으로 날 바라보더니, 이내 '푸하하'하고 박장대소를 했다. "네가? 야, 의외다." 그 짧은 한마디에 나는 너무 부끄럽고 의기소침해졌다. 아무에게나 이야기하지 않는 것을, 내 딴에는 용기 내어 말해줬건만 돌아오는 대답이 고작 '의외다'라니! 선배는 티비에 나오는 여자 아나운서들의 이미지와 내 모습이 잘 겹쳐지지 않는다고 했다. 티비 속의 아나운서들은 하나같이 단아하고 차분한 모습인데, 호방하고 털털해서 '쾌걸' 소리를 듣던 내가 어떻게 아나운서가 될 수 있겠냐는 생각이 든 모양이다.

수개월 뒤, 선배의 우려와 놀림을 뒤로한 채 나는 여전히 털털하고 씩씩한 상태로 무사히 한 라디오 방송국 아나운서 시험에 합격했다. 아나운서가 되고 나니, 여기저기서 소개팅 제의가 많이 들어오기 시작했다. 첫 만남 장소로 나는 주로 고깃집을 제안했는데, 그럴 때마다 '아나운서분이 고깃집에서 만나자니 정말 의외네요!' 하는 식의 답변이 돌아왔다. 별게 다 의외다. 단순히 소개팅을 고깃집에서 하자는 게 의외였다고 한다면 그나마 이해할 수 있겠지만, '아나운서가' 고깃집에서 만나자고 한 건 왜 의외인 건지 모를 일이다. 언젠가 한 번은 식사하면서 소개팅남과 대화를 나누던 중 놀라운 이야기를 들었다. 그는 오직 내가 아나운서라는 단 하나의 정보만 듣고 이 자리에 나왔다고 했다. 덕분에 식사를 하고 차를 마시는 내내 나는 또 '의외네요'라는 말을 지긋지긋하게 들어야 했다. 그도 그럴 것이 상대는 나에 대해 아무것도 모른 채, 그저 나를 '아나운서 A양' 정도의 평면적 캐릭터로 생각하고 이 자리에 나온 것이었다. 티비에서 방송하는 아나운서들의 이미지만 생각했던 거라면 이런 반응은 어찌 보면 당연한 일이었다. 그날 저녁 자리를 마무리하고 헤어질 때까지 그는 나의 크고 호탕한 웃음소리를 들을 때마다, 장난꾸러기 같은 표정을 볼 때마다, 신기하다는 표정으로 나를 바라보았다.

아나운서라는 직업은 어릴 적부터 꿈꿔 온 일이긴 하지만, 그건 나의 직업일 뿐 나라는 사람을 대표하는 단어가 될 순 없다. 여러 가지 내가 가진 독특하고 입체적인 특징들이 직업적 특성 하나로 단순화되고 평면화되지 않았으면 좋겠다. 하지만 아나운서가 된 이후로 만나게 되는 많은 사람들은 나를 그냥 이 직업 자체로 '퉁 쳐서' 이해하려고 들었다. 그러면 그럴수록 나는 고정관념에 의해 자칫 나도 모르게 역할극을 하듯 행동하다가 '퉁 쳐지지' 않기 위해 노력했다. 그리고 나 역시 스펙이나 타이틀 같은 표면적인 것들로 타인을 함부로 단순화하지 않으려 노력하고 있다. 흑인다운 흑인, 게이다운 게이, 여자다운 여자, 아나운서다운 아나운서. 이런 말은 이제 더이상 들리지 않게 되기를 바란다.

선배가 했던 말을
무려 10년 가까이 지난 지금까지 가슴에 담아두고
이걸 내 책에까지 적게 되다니.
이것도 정말 의외이지 않은가요? (찡긋)

다섯 살 때부터 피아노를 배웠다. 자그마한 손에 힘을 주고 짧은 손가락을 쭉쭉 펴가며 건반을 누르는 게 그저 좋았다. 동네 피아노 학원에서 레슨을 받던 중 피아노가 집에 배달되어 왔다는 엄마의 전화를 받고 날아가듯 집으로 뛰어갔던 기억도 생생하다. 그렇게 피아노는 나의 보물 1호가 되었고, 주말이면 그 앞에 꼭 붙어 앉아 일주일 동안 배웠던 것들을 연습했다. 평일엔 늘 바쁘시던 아빠는 주말이면 거실에서 티비 리모컨을 손에 쥐고 소파에 붙어있다시피 계셨는데, 유일하게 내 피아노 소리만이 아빠를 소파에서 일으킬 수 있었다. 내가 피아노를 치기 시작하면 아빠는 조용히 티비 소리를 줄이고 내 방문을 열어 놓으셨다. 아빠가 내 연주를 귀 기울여 듣고 있다는 걸 알고 나는 더 열심히, 더 잘 치려고 사뭇 진지하게 악보를 쳐다보곤 했었다. 그렇게 초등학생이 되어서까지 꾸준히 레슨을 받아, 나는 학교 음악 수업 시간에 피아노 반주를 담당하기도 하고, 대회에서 상을 받기도 했다. 하지만 참 어린아이 마음은 알다가도 모를 일이다. 초등학교 고학년이 되고 어느 날부터 갑자기 그렇게 좋던 피아노가 치기 싫어졌다. 연습을 하려고 피아노 앞에 앉으면 괜히 짜증이 나기까지 했다.

결국 얼마 안 가 나는 부모님께 피아노를 그만두겠다고 선언했다. 무작정 조르기보다는 엄마 아빠를 잘 설득해야 했기에 피아노를 칠 때 얼마나 행복하지 않은지 조금 과장해서 편지에 적었다. 지금 생각해보면 참 영악한 작전이었다. 나의 연주를 듣는 일이 주말의 낙이었던 아빠가 어떤 마음으로 그 편지를 읽으셨을지를 생각하면 지금도 가슴이 아프다. 결국 그렇게 나는 피아노를 그만두게 되었다. 7-8년을 매일같이 하던 연습을 중단하고 갑자기 연주에서 손을 떼게 된 것이다. 처음에는 마냥 좋았다. 그렇게 한동안 피아노를 거들떠보지도 않았다. 한 달이나 흘렀을까. 변덕이 심한 나는 다시 피아노를 배우고 싶어 안달이 나기 시작했다. 어린 마음에도 아빠는 내가 피아노 치는 걸 좋아하시니까 잘 이야기하면 다시 레슨을 받게 해주실 거라는 계산이 섰다. 하지만 예상외로 아빠는 단호하셨다. 그렇게 행복하지 않다고 했던 일을 어떻게 다시 시작할 수 있겠냐는 말씀에 제아무리 영악한 꼬마라도 대꾸할 말을 떠올리지 못했다. 다시 편지를 써서 설득할까 싶기도 했지만 엄두가 나질 않았다. 작전이고 뭐고 무작정 조르고 애원도 해봤지만 소용이 없었다. 나는 그 이후로 어떤 일도 함부로 마음 내키는 대로 쉽게 그만두지 않는다. 미주알고주알 설명하진 않으셨지만 아빠도 큰 결심을 하시고 내게 이것을 깨우치고자 하셨던 것 같다.

시간이 흘러 이 변덕쟁이 맏딸은 이제는 정말 흔들리지 않을 목표 하나를 찾았고, 작은 성과를 이루었다. 대학을 졸업하고 라디오 방송국 아나운서 일을 시작하게 되면서, 이번에는 아빠가 피아노 대신 라디오 앞에 앉아 귀를 기울이시는 일이 잦아졌다. '우리 딸을 곧 텔레비전에서도 보게 되겠지'라는 기대를 안고 아직은 목소리만 들을 수 있는 내 방송을 묵묵히 모니터링해주시곤 했다. 하지만 아빠의 기대와는 달리 일에 익숙해질수록, 함께 근무하는 사람들과 가까워질수록 다음 단계로 나아가고자 하는 나의 의지는 약해져 갔다. 티비 방송국으로 소위 '업그레이드 이직'을 하기 위해서는 일하고 남는 시간을 쪼개 더 열심히 시험 준비를 해야 했지만 전혀 그러지 못했다. 최선을 다해 달려들어도 합격하기 어려운 전쟁 같은 아나운서 시험을 그렇게 나태하게 준비해서는 절대 합격 근처에도 다가갈 수 없다. 강 건너 섬으로 가려고 보트를 탔는데 노는 안 젓고 그냥 물에 가만히 떠 있기만 하는 꼴이었다. 그렇게 나는 또다시 방향도 목표도 잃을 위기에 처해 있었다.

이번에는 내가 아빠로부터 편지를 받았다. 이메일로 전달되어 온 편지는 누가 봐도 아빠 그 자체였다. 해병대 출신에 법을 공부하신 아빠는 평소 말을 그렇게 많이 하시진 않았지만 무언가 마음먹고 하시는 말씀에는 그냥 흘려들을 수 없는 무게와 카리스마가 있었다. 편지에 담긴 글도 기.승.전.결이 분명하고 띄어쓰기와 맞춤법 하나 틀린 곳 없이 완벽했다. 무엇보다 그 순간 내게 가장 필요한 인생의 중요한 조언들이 모두 들어 있었다. 잔소리하길 싫어하시는 아빠와 잔소리 듣기 싫어하는 나의 성격을 고려해, 하고 싶은 말을 한번에 적으셨다고 했다. 나중에 엄마로부터 전해 들은 바로는 편지를 완성한 후로도 일주일 동안이나 퇴고를 거듭하면서 다듬고 또 다듬은 후 내게 보내신 거란다. 아빠는 목표를 잊고 나태해진 나에게 지금 거기서 머무르려거든 아나운서 일을 그만두고 일반 회사 취직 준비를 하는 게 어떻겠냐는 제안을 하셨다. 회초리로 등짝이라도 맞은 것마냥 정신이 번쩍 들었다. 또다시 이래서는 안 된다. 좋아하는 분야에서 계속 노력할 수 있는 기회를 또 잃을 수는 없다는 생각이 들었다. 편지를 읽고 또 읽으면서, 이번에는 말로 이러쿵저러쿵할 것이 아니라 정말 행동으로 보여드려야겠다는 다짐을 가슴에 새겼다.

이메일 함을 닫고 당장 언론계 취업 사이트에 접속했다. 아빠의 편지를 받은 후 처음 지원한 회사는 부산에 있는 한 지상파 방송국과 서울에 있는 보도채널 두 군데였다. 비효율적이라는 핑계로 자기소개서를 쓸 때마다 늘 '복사, 붙여넣기'만 반복하던 내가 이번에는 모든 항목에 맞추어 새로운 내용을 적어 냈다. 평소에는 면접을 볼 때 크게 긴장하지 않았었지만 간절함과 절박함이 더해져 1차 카메라 테스트를 볼 때조차 심장이 터질 듯 떨렸다. 나에게 필요했던 것이 바로 이 떨림과 긴장이었다. 나는 매사 떨림이 없으면 잘 움직이지 않는 사람이다. 아빠는 내게 무엇이 필요한지 정확히 알고 계셨던 것이다. 결국 나는 이때 지원했던 보도채널 아나운서 시험에서 높은 경쟁률을 뚫고 최종 합격했다. 나태하게 살던 주인공이 결정적인 순간 각성해 적들을 무찌르는 영화처럼 짜릿하고 기적 같은 일이었다. 나는 아직도 합격의 기적은 아빠의 편지로부터 시작됐다고 믿고 있다.

아빠의 편지에는
묘하게 법전 같은 느낌이 나는 부분들이 많아요.
그래서 더 어길 수 없는
카리스마와 힘이 있는 걸까요?

# 초고화질 현실

'따르르…' 휴대폰 전화벨이 한 박자 제대로 울리기도 전에 잽싸게 전화를 받았다. 지역 번호 02, 앞자리가 3으로 시작하는 전화번호. 종로에서 걸려온 전화다. 이 숫자들을 확인하고 내 꿈이 이루어졌음을 알았다. 이 전화 한 통을 받기 위해 얼마나 노력을 해 왔던가! 며칠 밤 잠을 설쳤지만 갑자기 머리가 맑아지는 느낌이 들었다. 심장이 두근대다 못해 몸 안에서 통통 튀는 느낌이 들었지만 짐짓 침착한 척 전화를 받았다. "김정 씨죠? 최종 합격하셨습니다. 축하합니다." 합격이다. 합.격. 치열하다 못해 처절하기까지 한 그 시험에서 나는 최종합격자가 되었다. 눈물이 났던가, 안 났던가. 곧바로 엄마한테 전화를 했던가, 아빠한테 먼저 했던가. 꿈이나 환상 속에서 그리던 일이 실제로 벌어지면 한동안은 볼을 꼬집어도 실감이 나질 않을 만큼 그저 멍해진다. 결과를 기다리던 때의 기억은 선명한데 오히려 합격 전화를 받던 순간의 기억은 꿈처럼 뿌옇고 몽롱하다. 어쨌든 어린시절 장래희망 란에 적어 넣었던 그 장래희망이 실제로 이루어졌다. 나는 이제 텔레비전에 얼굴이 나오는 아나운서가 되었다.

라디오 방송국에서의 경험이 전부인 내게 새로운 세상이 열렸다. 티비 아나운서들은 출근하면 가장 먼저 분장실로 간다. 출근 시간 지하철이나 버스에서 작은 거울을 들고 황급히 메이크업을 하는 직장인들을 본 적이 있는데, 그럴 필요가 없었다. 출근 준비는 그저 씻고 옷을 입는 게 전부다. 분장실에 가면 완벽한 헤어와 메이크업을 해 주시기 때문이다. 의상실에 가면 어설프게 차려 입은 내 옷들과는 차원이 다른 깔끔한 정장과 원피스들 수 백 벌이 마련돼 있다. 그러니까 집에서부터 옷을 갖춰 입고 갈 필요도 없다. 어떤 꼴로 출근하든 분장실 한 번, 의상실에 한 번 들어갔다 나오면 누가 봐도 '나 방송인이오' 하는 완벽한 상태가 되어 나온다. 누구나 한 번쯤 꿈꾸는 그림이 아닌가. 공주, 왕자까지는 아니어도 연예인의 삶을 간접 체험하는 기분 정도는 느낄 수 있다. 나는 매일 동네 백수 같은 모습으로 출근했다가, 커리어우먼으로 변신해서 퇴근하곤 했다. 왠지 모르게 비현실적으로 들리는 '아나운서'라는 직업이 조금씩 나의 하루하루를 채우며 현실이 되어갔다.

환상 속에서만 그리던 상황을 막상 현실에서 구체적으로 들여다 보면 상상했던 것보다는 덜 아름답기 마련이다. 마치 카메라

어플에서 '뽀샤시' 기능을 입혔을 때와 아무런 특수효과가 없는 화질 좋은 카메라로 찍었을 때의 얼굴에 큰 차이가 있는 것처럼. 아직 본격적으로 회사 생활을 시작하기 전, 신입 아나운서들은 방송에 대해 배우고 적응하는 교육 기간을 거친다. 이 기간은 말이 좋아 '교육 기간'이지, 회사에 놀러가듯 다니면서 동기들과 친해지고 선배들 방송을 구경하는 게 하루 일과의 전부다. 게다가 아직은 익숙하지 않은 얼굴들이기에 회사 내 누구도 우리를 함부로 대하지 않고 그저 친절하게 대해준다. 화사한 필터를 씌워 놓은 듯 하루 하루가 아름답고 좋기만 하던 교육 기간이 끝나면, 본격적으로 실제 생방송에 투입되기 시작한다. 이때부터 모든 필터를 제거한 카메라처럼 회사 생활의 화질이 급속도로 좋아지기 시작한다. 주름이나 주근깨가 또렷이 찍힌 사진마냥 보고 싶지 않고 경험하고 싶지 않은 불편한 일들이 기다렸다는 듯 연이어 일어나는 것이다.

가장 먼저 확대되어 보인 것은 선배들의 텃세였다. 당시 나는 우리 회사의 두 번째 공개 채용에서 선발된 아나운서였기에, 선배들에게는 우리가 처음 맞이하는 후배였다. 모든 것이 낯선 환경 속에 나도 분명 어리숙한 실수들을 했겠지만, 선배들도 후배를 맞은 것이 처음이라 서로 서툴렀다. 돌이켜 생각해보면 별것 아닌 작은 문제들로 괜히 군기를 잡으려는 선배도 있었고, 내 임무가 아닌 일들까지 굳이 강압적으로 심부름을 시키는 선배도 있었다. 기억하는가. 나는 매우 솔직한 눈·코·입을 가졌다는 것을. 내 상식에서 도저히 납득이 되지 않는 상황에 처하면, 아무리 억눌러 봐도 이미 내 이목구비가 '이해가 안 가요!'라고 외치는 표정을 만들어냈다. 이번에도 이놈의 솔직한 이목구비 때문에 선배들에게 몇 번 불려가서 혼이 났다. 다른 동기들도 분명 어려운 점들이 있었을 테지만 모두 '나는 그래도 정이 보다는 상황이 낫다'고 생각하는 눈치였다.

선배들 눈치 보는 일도 살얼음판을 걷는 것 같았지만, 분장실 상황은 더 가시방석이었다. 아나운서들은 모두 정해진 시간에 헤어, 메이크업을 받아야 하기 때문에 시간을 잘 지켜서 출근해야 한다. 뭐 하나라도 잘못했다가는 또 혼이 날 것 같아, 나는 절대 늦지 않기 위해 아예 이삼십 분씩 일찍 출근했다. 그런데 이게 또 문제가 됐다. 분장실 선생님 (메이크업, 헤어 아티스트들을 '선생님', 보통 줄여서 '쌤'이라고 부른다) 중 한 분이 '넌 대체 왜 이렇게 매일같이 일찍 오는 거냐'고 크게 신경질을 내는 사건이 터진 것이다. 아, 서러운 신입의 삶이여. 그 시기엔 정말이지 숨만 쉬어도 혼이 날 것만 같았다.

내가 상상하던 방송국의 모습은 이런 게 아니었다. 심각하고 진지하게 일하면서도 활기차고 신나는 분위기가 넘쳐 흐를 줄 알

왔단 말이다. 하지만 상상 속의 필터를 싹 제거하고 바라보니 현실에서는 살 떨리는 생방송보다 방송국 사람들이 더 무서웠다. 정말 '뽀샤시' 효과라고는 요만큼도 없는 초고화질 회사생활이다.

드라마에서는
지금 막 한 침대에서 일어난 연인이
햇살을 받으며 진한 모닝 키스를 나누지만,
실제로는 입냄새가 날까 조심스럽잖아요.;;
이런 게 현실인가봐요.

꿈에 부풀어 이직을 한 후 환상을 깨는 일들도 더러 있었지만 어쨌거나 시간은 흘러 나는 나름대로 새로운 생활에 적응해가고 있었다. 입사하고 두어 달은 퇴근길에 매일같이 우는 바람에 다음날 눈이 부은 채 출근하기 일쑤였지만, 그래도 출근하기 싫었던 적은 한 번도 없었다. 방송을 할 수 있다는 사실 때문이었다. 사무실에서는 선배들, 분장실에서는 쌤들 눈치를 보느라 불안하고 불편했지만, 스튜디오에 들어서면 마음이 편안해졌다. 온에어 사인이 빨간색으로 바뀌고 생방송이 시작되면 그때부터는 오롯이 방송에만 몰두할 수 있었다. '이게 꿈일까 생시일까' 하는 생각만 이따금 들었을 뿐. 지금 내가 일을 하는 건지, 즐거운 놀이를 하는 건지 구분이 되지 않을 정도로 뉴스를 진행하는 것이 진심으로 즐겁고 재밌었다. 어릴 적 소꿉놀이의 주제는 다양하지만 대부분은 '엄마아빠 놀이'였을 것이다. 나는 '방송 놀이'를 제일 많이 했는데, 스케일이 좀 커지긴 했지만 그때 했던 '방송 놀이'와 크게 다르지 않다고 느껴졌다. 첫 월급이 나오던 날, 나는 엄마께 이런 말을 한 적이 있다. "엄마, 나는 회사에서 놀다 온 것 같은데 돈까지 준다?"

입사하고 얼마 지나지 않아 대선 기간이 다가왔다. 설렘 반 두려움 반으로 심장이 콩콩 뛰었다. 괜히 비장한 마음이 들기까지 했다. 뉴스 아나운서로서 대선을 겪는다는 건 큰 의미가 있다. 많은 사람들이 주목하는 이슈이기 때문에 대선 기간에는 항상 시청률이 평소보다 높게 유지된다. 그만큼 나를 알리고 능력을 입증할 기회가 많이 주어진다는 뜻이기도 하다. 물론 신입 아나운서였던 나에게 아직 그렇게 큰 역할이 맡겨질 리는 없었다. 하지만 비록 짧은 시간이더라도, 규모가 작은 프로그램을 진행하더라도 야무지게 잘 해내고 싶었다. 이 참에 좋은 평가를 받으면 더 큰 프로그램을 맡게 될 수도 있지 않을까 하는 기대감도 있었다.

그러던 중 시사 평론가로 활동하시던 한 대학교수를 게스트로 불러 대선을 주제로 한 대담을 진행할 기회가 생겼다. 처음으로 진행하는 대담이었기에 잘해야겠다는 의욕이 넘쳤다. 평소 정치를 주제로 누군가와 이야기를 나누어 본 경험이 많이 없어 더 긴장이 되기도 했다. 주어진 질문들을 어떻게 하면 '있어 보이게' 할 수 있을지, 어떻게 하면 평소에도 정치에 관심이 많은 똑똑한 뉴스 앵커인 척 할 수 있을지 고민이 되었다. 드디어 생방송이 시작됐다. 남녀 앵커가 질문 하나씩을 번갈아 가며 하는데, 게스트가 남자 앵커의 질문에 대답하는 동안 나는 내가 다음에 할 질문을 달달 외우고 있었다. 드디어 나의 질문 차례. 조금 전 외운 대로 한 글자도 틀리지 않고 자신감 있게, 아니 그래 보이게 질문을 던졌다. 나름대로 매끄럽게 잘했다…고 생각한 순간, 교수의 표정이 살짝 어색해졌다. 미간을 살짝 찌푸리고 나를 바라보며 그 교수는 말했다. "그 질문에는 조금 전 답변을 드렸는데요."

아뿔싸. 나는 이날을 생각하면 아직도 오금이 저리고 식은땀이 날 것만 같다. 교수가 방금 대답한 내용에 대해서 내가 또 질문을 한 것이다. 내 질문들만 달달 외우느라 게스트의 답변을 듣지 않고 있다가 생긴 실수였다. 그 이후로는 어떻게 진행을 했는지, 어떻게 방송이 마무리되었는지 잘 기억이 나질 않는다. 발갛게 달아오른 볼이 화장에 가려 잘 보이지 않길 기도하면서, 그저 빨리 이 방송이 끝났으면 좋겠다고 생각했다. 이후로 약 서너 날 동안이나 수시로 '이불킥'을 하게 만든 사건이었다. 대담을 진행하다 보면 늘 대본대로 똑 떨어지지 않는다. 대화의 형식이기 때문에 때로는 게스트가 질문과 전혀 상관없는 말을 하기도 하고, 이렇게 다음에 나올 질문에 대한 답변까지 미리 해버리는 경우도 상당히 많다. 이번 경험을 통해 나는 부끄러움이라는 대가를 치르고 중요한 교훈을 하나 얻었다. 좋은 앵커가 되고 싶다면 말을 잘하기보다는 잘 들어야 한다는 것.

처음부터 방송을 진행하는 일은 매력적이었지만 하나씩 깨닫고 배우면서 나는 내 일을 점점 더 많이 사랑하게 되었다. 이리저리 부딪히고 좌충우돌 실수를 반복하면서도 그저 즐겁고 신이 났다. 내가 이 일을 정말로 좋아하지 않았다면 이렇게까지 진심을 담아 열심히 노력할 수 없었을 것이다. 설사 어떠한 이유로 억지로 노력은 했더라도, 그 과정에서 이렇게 즐거울 수는 없었을 것이다. 앞서 이야기한 적이 있지만, 언젠가 면접을 보면서 '왜 뉴스 아나운서를 지원하게 되었느냐'는 질문에 '멋져 보이니까요!'라고 대답했었다. 이 답은 틀렸다. 이 일은 멋져 보이는 일이 아니라 진짜로 멋진 일이다. 자신이 깊이 심취한 관심 분야에서 일하는 사람을 두고 '덕업일치'라는 표현을 한다. 나의 경우 나의 적성과 딱 들어맞는 분야에서 일하게 되었으므로 '적업일치' 정도로 표현할 수 있겠다. 이 세상에 자기가 정말 하고 싶은 일을 직업으로 삼은 사람이 과연 얼마나 될까. 그 경험을 해보았다는 것만으로도 이 시절은 내게 아주 값진 시간이었다.

좋아하는 일을 업으로 삼으면

결국은 질리고 지치게 된다는 이야기를 많이 들었어요.

하지만 정말 정말 좋아하는 것이라면

그게 일이든 놀이이든 그저 즐거울 거예요!

제가 증인입니다 :)

저희 그냥
뉴스하게 해주세요


아나운서가 되기 전까지 내 외모는 내 마음에만 들면 된다
고 생각했다. 하지만 방송을 시작한 이후로는 내 얼굴이 내 것만
은 아니게 되었다. 속된 말로 '동네 북'이 된 것만 같달까. 얼굴뿐
만 아니라 헤어스타일, 표정, 말투, 피부, 심지어 그날 입은 의상까
지 모든 것이 다 만인의 참견 대상이 되었다. 그리고 그들의 넓디
넓은 오지랖으로 시청자 게시판의 댓글 창이 가득 채워졌다. 몇
몇 열혈 시청자들은 모든 아나운서의 이름과 뉴스 진행 시간대는
물론 나이, 출신 학교, 우리들 사이의 선후배 관계까지, 마치 같이
회사에 근무하는 동료마냥 속속들이 꿰고 있었다. 이들이 작성한
댓글 중에는 '함께 뉴스를 진행하는 선후배 관계가 화목해 보이지
않는다'는 근거 없는 이야기, 혹은 '남녀 앵커가 상당히 친해 보인
다. 데스크 아래에서 손을 잡고 있는 것이 보인다'는 등 사실무근
인 데다 선을 넘는 이야기도 있었다. 아나운서들도 사람인지라,
아무리 허무맹랑한 이야기가 가득한 댓글창이라도 은근히 궁금하

고 무슨 내용이 있을지 읽어보고 싶어진다. 나에 대한 댓글 중 가장 기분이 나빴던 내용을 꼽자면 '함께 진행하는 앵커보다 나이가 들어 보인다' (심지어 내가 더 어렸다), '말투가 차가워 보인다' (뉴스는 동화구연이 아니다!) 등이 있다….

그래도 댓글은 비교적 소극적인 참견에 해당한다. 조금 더 열정이 넘치는 시청자들은 댓글에 그치지 않고 방송국으로 직접 전화를 걸어온다. 어느 날 방송을 마치고 사무실로 돌아왔더니 분위기가 뭔가 이상했다. '방송하는 사이에 또 무슨 사건이 있었구나.' 직감적으로 알 수 있었다. 한 시간 사이 무려 세 통이나 항의 전화가 왔단다. 그날 방송에서 입었던 스커트 길이가 너무 짧아서 보기 언짢고 불편했다고 시청자로부터 걸려온 전화였다. 내 스커트가 그들을 언짢게 할 정도는 아니었다고 생각하지만 그래도 이 정도까지는 납득이 가능한 수준이다. 어느 날은 생방송 도중 '재킷을 갈아입으라'는 지시가 내려온 적도 있었다. 재킷 색깔 때문에 항의하는 시청자가 있었다는 것이다. 다음 시간대 뉴스부터도 아니고 지.금.당.장. 갈아입어야 한다고 했다. 덕분에 나는 "OOO 기자의 보돕니다."라는 멘트를 던지자마자 의자에서 튕기듯 일어나 의상실로 달려갔다. 패션쇼 무대 뒤에서 옷을 갈아입는 모델들이 이런 마음일까. 기자 리포트가 나가는 시간은 2분 남짓. 의상실로 달려가는 복도에서 입고 있던 재킷을 후다닥 벗어서

들고 뛰었다. 의상실 문을 벌컥 열자마자 옷걸이에 걸려있는 아무 재킷이나 낚아채듯 휙 꺼내어 몸에 끼워 넣고 다시 스튜디오로 달렸다. 1분도 채 걸리지 않았다. 팔자에도 없는 모델 체험이다.

인터넷이나 유선상으로 그치지 않고 회사로 무언가를 보내오거나 심지어는 직접 찾아오는 분들도 있었다. 전화나 댓글이 웃어넘길 수준이라고 한다면, 여기서부터는 조금 오싹해지기 시작하는 단계다. 어느 날 분장실로 꽤 큰 택배 상자 하나가 도착했다. 받는 이의 이름을 적는 곳에 아나운서와 기상캐스터 몇 명의 이름이 적혀 있었는데, 그중에는 내 이름도 있었다. 가벼운 군것질거리 정도가 들어있을 것이라 예상하고 함께 상자를 연 우리는 그 자리에서 기겁을 하고 말았다. 상자 안에는 수많은 형형색색의 손바닥만 한 비키니 수영복이 들어 있었다. 많은 사람이 오가는 분장실에서 그 상자를 열었다가 민망해진 우리는 괜히 서로를 쳐다보며 큰소리로 웃기만 했다. '받는 이'에 이름이 적힌 사람들 중 그 누구도 그 수영복을 가져가고 싶어 하지 않아 다른 관계자분들이 하나씩 집어갔던 기억도 난다. 물론 조금 덜 민망하고 더 실용적인 선물을 보내오는 시청자도 있긴 했다. 계절에 따라 제철 과일을 담은 큰 상자가 배달될 때도 있었고, 주렁주렁 촌스러운 디자인의 금귀걸이와 목걸이 세트를 보내오시는 분도 있었다. 선물을 보내는 것만으로는 성에 차지 않았는지, 새벽 출근하는 아나운서 앞에 불쑥 나타나 쫓아가며 말을 거는 사람도 있었다. 우리가 원한 건 이런 부담스러운 선물 공세나 예정에 없던 팬미팅이 아니라, 그저 아나운서가 진행하는 뉴스를 통해 사람들이 필요한 정보를 얻어가는 것, 그 이상도 이하도 아니었다.

상대하기 힘든 건 시청자뿐만이 아니다. 내가 근무하던 방송사에는 군수, 시장을 비롯한 유명 정치인이 자주 게스트로 출연했는데, 모두가 그런 것은 아니지만 가끔 과도한 의전을 기대하는 분들이 있었다. 매끄러운 인터뷰를 위해 진행자가 방송 전에 게스트를 찾아가 간단히 인사를 나누는 경우가 자주 있기는 하지만, 이것이 필수 의무는 아니다. 급박하게 돌아가는 방송국 특성상 다른 일 때문에 미리 인사를 나누지 못하고 바로 방송에 들어가야 하는 경우도 자주 발생하기 때문이다. 그러나 간혹 앞뒤 상황을 고려하지 않고 무조건 방송 전에 아나운서와 차라도 한잔하며 인사를 나누기를 원하는 분들이 있었다.

보통은 혼자, 혹은 보좌관 한 분 정도만 함께 오는 것이 일반적인데, 네다섯 명이나 되는 인원을 대동하고 등장하는 정치인도 있었다. 문제는 종종 이 인원 모두가 생방송이 진행되는 스튜디오에까지 따라 들어온다는 것이다. 이들은 방송이 진행되는 내내 스튜디오 이곳저곳에서 휴대폰 카메라로 찰칵찰칵 방송 현장을 촬영하기까지 한다. 이런 상황이 되면 카메라 감독님들은 혹시나

이들 중 누군가 카메라에 잡히진 않을지, 오디오 감독님들은 찰칵거리는 소리가 마이크를 타고 들어가진 않을지 초긴장 상태가 된다. 나 역시 스튜디오 내부가 산만하고 어수선해지면 온전히 방송에 집중하는 데 어려움을 겪는다. 그런 날에는 보통 때보다 더 '초집중'하느라 필요 이상의 에너지를 쓰게 되곤 한다. 그냥 스튜디오에 편히 앉아서 뉴스만 잘 진행하면 될 거라고 생각했는데….
나의 큰 오산이었다!

어릴 때부터 꿈이 아나운서였고,
유난히 잔소리를 듣거나 참견 당하는 걸
아주 싫어하던 아이였어요.
어른이 되어 가장 이루고픈 꿈을 이룬 동시에
가장 싫어하는 일들을 자주 겪게 되었네요!

누군가와 만날 약속을 잡을 때 대부분의 사람은 휴대폰 혹은 다이어리를 꺼내서 자신의 일정을 확인한다. 그런데 뉴스를 진행하는 사람들은 이보다 한 가지를 더 확인해야 한다. 이슈가 될 만한 커다란 사건이 터질 기미가 보이는지 여부다. 예를 들어 북한의 추가 핵실험이 있을 분위기가 포착되면, 한동안 앵커들은 긴장하며 '제발 내 뉴스 시간 안에만 쏘지 말아라' 하고 기도를 한다. 혹시 모를 상황에 대비하기 위해 이전의 핵실험 자료와 기사들을 주섬주섬 준비하면서 말이다. 또 세월호 침몰 같은 큰 사건이 생기면 모든 뉴스가 특보 체제로 바뀌어 각 아나운서들의 진행 시간대가 모조리 재편성되기도 한다. 이렇게 갑작스럽게 국가적인 큰 사건이 발생해 뉴스가 길어지거나 시간이 바뀌게 되면, 미리 잡아놓은 약속 시간을 지키지 못하게 될 일이 생길 수밖에 없다. 따라서 좀 있어 보이게 표현하자면, 뉴스 아나운서들은 때때로 국가 재난 사태, 혹은 세계정세에 따라 개인 스케줄이 조정

되기도 한다는 것이다.

이 말이 꼭 과장이나 허풍인 것만은 아니다. 나는 실제로 바다 건너 소식을 뉴스로 전하느라 친한 친구, 혹은 남자친구와 만나기로 한 약속을 지키지 못한 적이 몇 번 있었다. 그날은 저녁 늦게 퇴근 후 남자친구를 만나기로 했던 날이었다. 가물가물하지만 오바마의 연설이 있었던 것으로 기억하는데, 다행히 내가 진행하는 뉴스 시간대가 연설이 진행되는 미국 현지 시각보다 조금 일렀다. 나의 퇴근 이후에 발생하는 모든 뉴스는 다음 날 출근 전까지는 일단 관심 밖이므로, 가벼운 마음으로 데이트 계획을 짜고 있었다. 그런데 갑자기 근무표가 조정되었다. 미국 현지 연설을 생중계해야 하는 시간에 뉴스 경력이 얼마 되지 않는 신입 후배가 배정되어 있었는데, 만일의 사태에 대비해 내가 대신 진행을 해야 한다는 것이었다. 남자친구에게 다급하게 메시지를 보냈다. '오바마가 연설을 한대. 후배 대신 내가 갑자기 뉴스에 투입될 것 같아 ㅠㅠㅠ' 메시지를 보내고 나서 피식 웃었다. 오바마 연설 때문에 약속에 늦는 여자친구라니. 누가 들으면 미국 백악관 인턴이라도 되는 줄 알겠다.

뉴스를 진행하는 내내 가장 어려웠던 건 정치 뉴스였다. 정치적 입장이 다른 세력들은 단어 하나를 두고도 민감하게 반응할 수 있기 때문에 단어 선택에 늘 조심스러웠다. 시시각각 각 당에서 내어놓는 발표, 유명 정치인들의 갑작스러운 선언 등이 터져 나오는 선거 시즌에는 여의도 상황이 곧 속보 그 자체였다. 뉴스 경험이 많이 쌓이지 않았던 시절, 파트너 없이 혼자 뉴스를 진행하다가 한 유명 정치인이 후보 단일화를 위해 사퇴한다는 소식이 전해졌을 때 눈앞이 캄캄해졌던 기억이 있다. 당시 함께 일하던 피디 선배는 야속하게도 어찌나 손발이 빠르던지, 금세 시사평론가 한 분을 섭외해 전화 연결까지 해 놓았다. 함께 진행하는 파트너 앵커라도 있었다면 번갈아 가며 질문과 멘트를 하면 되는데, 오롯이 혼자서 이 한 가지 소식만 가지고 한 시간 뉴스를 꼬박 채워야 했다. 이럴 땐 솔직히 그 후보가 괜히 원망스럽기도 하다. '사퇴 발표를 왜 하필 내 뉴스 시작 시간에 맞춰서 하나'라는 생각도 해 본다. 하지만 어쩌랴. '정치는 생물'이라는데. 생물을 다루는 생방송을 맡은 자의 운명이겠거니 한다.

이렇게 '뉴스 앵커의 숙명'을 운운하며 멋있는 척할 수 있는 일만 있었던 건 아니다. 2013년 어느 날 경찰이 철도 노조 지도부에 대한 체포영장을 집행하기 위해 경향신문사 건물 진압 작전을 벌였던 적이 있다. 밖에서는 문을 열기 위해, 안에서는 문을 봉쇄하기 위해 엄청난 육탄전이 벌어지고 있었다. 그 상황을 뉴스 도중 갑작스럽게 생중계하게 되었는데, 이번에는 다행히 동기 앵커와 함께 진행하고 있었고 사회부 기자 선배도 함께 출연해 마음의 부담은 적었다. 그런데 다른 부담이 있었다. 화장실에 가고 싶어진 것이다. 뉴스 채널에서도 시청률을 상당히 의식하기 때문에 시청자가 채널을 돌리지 않도록 붙잡기 위한 전략을 쓴다. 급박한 장면이 연출되는 현장을 생중계하면 아무래도 사람들의 눈과 귀를 사로잡기 마련이다. 우리는 앉은 자리에서 몇 시간 동안 스튜디오 밖에도 나가지 못한 채 현장 중계를 했다. 내 아랫배의 상황도 점점 더 급박해져 갔다. 회사에 입사한 지 1년이 조금 넘은 시기에 처음 맞는 상황이었다. 그동안 1년 남짓 뉴스를 진행하면서 속보를 처리하는 방법만 배웠지, 뉴스 도중 화장실 문제를 처리하는 방법은 누구에게도 들은 적이 없었다. 결국 그날 나는 장시간의 뉴스를 마칠 때까지 발가락에 힘을 주며 내장의 속보 상황을 참고 또 참았다.

6년 남짓 뉴스를 진행하면서 이러저런 예상치 못했던 일들을 경험하며 조금씩 생방송 환경에 적응해왔다. 그런데 내 삶은 30년을 넘게 살아왔는데도 갑작스러운 일들을 맞닥뜨리면 아직도 휘청휘청하게 된다. 나에겐 내 삶 속 사건이 그 어떤 세계적인 이슈보다 중요하기 때문이다. 당장 사람들이 주목하는 큰 사건이 터져도 그 현장의 한 가운데서 뉴스를 전하는 나의 머릿속에는 화장실 생각뿐이지 않았는가. 오바마가 연설을 하든 김정은이 핵실험을 하든 당장 내 눈 앞에 펼쳐진 삶의 이슈들이 훨씬 복잡하고 긴

박하다. 게다가 세계정세는 전문가들이 분석해주지만 내 인생은 나 혼자 예측하고 준비하고 대처해야 한다. 예기치 못한 갑작스러운 일들이 생겼을 때 거기에 대처하는 순발력은 마치 뛰어난 운동신경이나 반사신경처럼 원래 타고나는 것이라 생각했었다. 하지만 내가 깨달은 바로는 순발력도 학습되는 것이다. 삶의 경험이 쌓이면서 비슷한 상황에 직면했을 때 판단을 더 빨리 내릴 수 있게 되고, 판단을 내리는 속도가 점점 빨라지면 사람들은 그걸 순발력이라 부르는 것 같았다. 얼마나 더 경험을 쌓아야 흔들리지 않고 내 삶도 잘 진행할 수 있을까. 아마 '내 삶'이라는 생방송보다 진행하기 어려운 방송은 없을 것이다. 365일 24시간 1분 1초가 속보이고 라이브니까.

뉴스 진행을 몇 년 하다 보면
진행할 때의 순발력도 생기지만
내장 상황을 잘 참아내는
인내력(?)도 생긴답니다!

Ⅱ

누구나 한 번쯤 좌절의 숲에서
길을 잃는 경험을 합니다.
'나무를 보지 말고 숲을 보라'고들 하지만,
숲을 빠져나와야 비로소 숲이 보이지요.
당신과 함께 이제서야
찬찬히 저의 숲을 들여다볼 수 있는
용기가 생겼습니다.

# 색칠공부

우여곡절이 많았던 신입 시절이 지나고 드디어 나에게도 후배들이 생기기 시작했다. 이들은 과거의 나와는 다르게 대부분 아주 싹싹하고 눈치도 빨랐다. 입사하자마자 적극적으로 먼저 다가와 말을 건네기도 하고, '선배, 친해지고 싶어요'와 같은 애정표현도 참 잘했다. 나에겐 신선한 충격이었다. 원래 후배들은 처음부터 다 이렇게 하는 건가? 사회생활이라는 건 이렇게 해야 되는 거였구나… 오히려 후배들을 보며 배우고 깨달았다. 신입 시절의 나는, 아직 서로에 대해 미처 잘 알지도 못하고 친해지지도 않은 상태에서 너무 빠르게 다가가려 하는 건 오히려 선배들에게 부담을 줄 수도 있다고 생각했다. 하지만 막상 선배 입장이 되어보니 꼭 그렇지만은 않았다. 먼저 다가와 주고 말을 걸어주는 후배와는 자연스럽게 더 빨리 가까워졌다. 아무래도 생판 모르던 사람들이 친해지기 위해서는, 어느 한쪽이라도 조금은 과감하게 다가가야 했다. 나는 늘 이런 과감함이 부족했다. 특히 성인이 되어서는 더더욱.

냉랭한 사람처럼 보이고 싶지는 않지만, 사실 나는 잘 모르는 낯선 사람들에게 관심이 거의 가지 않는다. 내 마음속 울타리를 넘어온 사람들, 혹은 내가 보기에 유난히 멋진 사람이라 생각되는 이들에게만 마음이 끌릴 뿐 이들을 제외한 타인들은 대개 내 마음과 머릿속에 흑백사진처럼 저장돼 있다. 흑백사진을 보면 피사체의 색감은 물론, 질감이나 입체감 등의 특성을 제대로 파악하기 어렵다. 내가 낯선 사람들을 인식하는 방식도 이러하다. 조금 냉정하게 들릴 순 있어도 가만히 생각해보면 그것이 자연스러운 과정이다. 사람을 처음 대할 땐 그 사람의 성격이나 살아온 이야기를 모르기 때문에 그를 마치 흑백 영화 속 인물처럼 바라볼수밖에 없다. 그러다 상대에 대해 조금씩 알게 되고 좀 더 궁금해지는 과정 속에서 점점 그 사람의 모습이 흑백에서 컬러로, 2D에서 3D로 다가오게 되는 것이다. 그러니까 내게 사람을 사귀는 것은 '이름을 불러주었을 때 비로소 꽃이 된다'는 김춘수 시인의 시처럼, '관심을 가져주었을 때 비로소 흑백이 컬러가 되는 과정'이라고 할 수 있겠다.

다른 사람들은 이 과정에서 시간이 얼마나 걸릴까. 또 한 번에 얼마나 많은 사람들을 색색깔로 기억하고 관계를 유지할 수 있을까. 나의 경우 사람을 처음 알게 된 초반에는 속도가 느리다가

'이 사람이다' 싶은 느낌이 들면 그 이후부터는 가속도가 붙는 타입이다. 그래서 처음부터 회사 선배나 동료들에게 아주 살갑게 대하거나 친해지기 위한 노력을 능동적으로 펼치지는 못했다. 이건 낯을 가리는 것과는 또 다른 차원의 문제였다. 이제 보니 나는 처음 본 순간부터 적극적으로 다가가는 것이 선배들에게 부담이 될까 봐 주춤한 것이 아니었을 수도 있겠다. 사실 그것은 나 자신에게 부담스러운 일이었던 것이다.

처음 살아보는 지역으로 이사를 가면, 초반에는 모든 길이 낯설고 헛갈리기 마련이다. 그러나 시간이 지나고 이 길 저 길 다니다 보면 어느새 골목골목까지 섭렵하게 되면서 자연스럽게 동네와 정이 든다. 사람을 사귀는 것도 마찬가지다. 있는 그대로 두면 자연스럽게 그 사람의 이모저모가 궁금해지고, 그러다 이런저런 그의 삶의 이야기들을 알게 된다. 이렇게 되면 사람이 점점 컬러풀하게, 입체적으로 다가오는 건 시간 문제다. 그런데 왜 이 과정을 그리들 급하게 진행하라고 압박하는지 모르겠다. '선배들하고 빨리 친해져야지!' '동기들하고 어서 가까워져야지!' 여기에서 '빨리', '어서'라는 표현만 뺀다면 나도 같은 생각이다. 하지만 대부분의 회사에서는 자고로 신입사원이라면 입사 직후부터 다소 과하다 싶을 만큼 열성적으로 충성심을 어필해야 한다. 그렇지 않으면 '사회생활을 잘 못 하는 사람'으로 낙인찍히기 십상이다.

나는 '될 놈은 된다'는 뜻의 '될놈될'이라는 표현을 패러디한 '친놈친'이라는 단어를 자주 쓴다. 친해질 사람은 결국 친해지게 되어 있다. 초반에 조금 사회성이 떨어진다는 오해를 받더라도 내 속도로 사람들과 가까워지고 싶다. 굳이 억지스럽게 노력하지 않아도 매일 얼굴을 보고 함께 일하면 가까워질 수밖에 없다. 그러니까 그냥 자연스럽게 그렇게 되도록 서로간 조금씩의 공간을 두고 시간을 두면서 기다리면 된다. 물론 과감하고 적극적인 후배들을 애정하고 예찬하지만, 나는 여전히 나만의 속도로 흑백 사진을 물들이며 살고 있다. 새로운 사람을 만나면 색칠 공부를 하는 마음과 자세로.

밥도 빨리 먹고 말도 빠른,
뭐든지 빠른 게 좋은 제가
한 가지 느린 것도 있었네요!

075

회사로부터 '이제 그만 나오세요'라는 통보를 받게 된다면, 사람들이 가장 먼저 느끼는 감정은 뭘까. 억울함? 창피함? 먹고 살 걱정? 질문을 조금 바꾸어서, 자신이 정말 원하던 꿈을 이룬 회사에서 근무하다가 이런 통보를 받는다면 그땐 어떨까. 이런 경우 '먹고사니즘'에 대한 걱정보다도 먼저 날카롭게 심장을 때리는 건 절망감일 것이다. 어느 날인가부터 선배 아나운서들이 하나둘씩 원치 않게 일을 그만두기 시작했다. 내가 입사하기 전부터, 이 회사가 개국할 때부터 함께 방송을 만들던 선배들이 떠나가던 뒷모습을 아직도 생생히 기억한다. 그 모습은 절망 그 자체였고, 곧 나에게도 불어 닥칠 위기의 복선이었다. '열심히 하면 더 잘될 수 있을 거야'라는 마음보다는, '열심히 하더라도 언젠가는 나도 쫓겨나겠지'라는 생각만 갈수록 선명해졌다. 인간의 삶을 부정적으로 바라본다면 '죽음에 하루씩 가까워지는 과정'이라 표현할 수 있듯이, 당시 우리의 회사 생활은 '해고될 날에 하루씩 가까워지는 과정'과 같았다.

　오늘이 마지막 근무라는 선배의 얼굴을 마주 보고 무슨 말을 할 수 있을까. 마치 내가 죄라도 지은 것처럼 미안한 마음, 혹여 내 말 한마디가 쓰라린 창이 될까 조심스러운 마음이 뒤죽박죽 엉켜 결국 어떤 말도 제대로 전할 수가 없었다. 그런 식의 이별은 떠나는 사람의 마음에도 큰 생채기를 냈고, 남겨진 사람들에게도 커다란 상실감을 안겼다. 어느 입사 시험인들 만만하겠냐마는, 아나운서 공채 시험은 특히나 경쟁률도 높고 합격하기 어렵기로 악명 높다. 웬만한 투지와 준비가 갖춰지지 않고서는 뚫을 수가 없다. 그런 열정을 발휘하려면, 이 직업을 진심으로 원하고 이 일을 좋아해야 한다. 그래야만 가능하다. 이렇게 '영혼까지 갈아 넣은' 노력으로 합격해 꿈을 이뤘는데 고작 몇 년이 채 지나지 않아 모든 게 끝이 나다니. 당시 그렇게 회사를 나가야만 했던 선배들의 가슴이 얼마나 처절하게 무너져 내렸을 지 지금 생각해도 마음이 아프다.

　동료들을 떠나보내는 상실감에도 이제는 어느 정도 익숙해질 즈음, 내 마음을 다시 한번 서늘하게 만들었던 일이 있었다. 한 선배에게 전해드릴 물건이 있는데 서로 방송 시간대가 달라 직접 전해드리는 대신 선배 사물함에 넣어 두기로 했다. 보통 아나운서들의 사물함 속에는 몇 벌의 의상과 대본 뭉치, 간식거리, 화장품, 구두 등이 빼곡하게 들어차 있다. 그런데 그 선배의 사물함 안에는 아무것도 들어있지 않았다. 대본 한 장, 립스틱 하나도 들어 있지 않았다. 이유 없이 눈물이 핑 돌았다. 사물함 청소를 하려던 것일 수도 있고 미니멀리스트가 되기로 한 것일 수도 있는데, 텅 빈 사물함을 보고 떠오른 건 '선배도 곧 떠날 수도 있겠다'는 생각뿐이었다. 그만큼 당시 우리 회사 아나운서들의 마음속에는 사물함을 원치 않게 비워야 할 날에 대한 두려움이 늘 자리 잡고 있었다. 나중에 알고 보니 그 선배는 언제 갑자기 떠나야 할지 몰라서, 혹은 사물함을 비워 놓아야 마음도 비워질 것 같아서 그랬다고 한다. 꽉 찬 마음으로 일할 수 있었다면 얼마나 좋았을까. 왜 좋아하는 일을 하면서도 자꾸만 우리는 마음을 비우려 노력해야 했을까.

어느덧 정신을 차려보니 대다수의 선배가 회사를 떠나 남아 있는 아나운서 대부분이 후배들이었다. 내가 대체 선배로서 뭘 어떻게 해야 하고, 할 수 있는 건지도 알 수가 없었다. 주말 수당이 없어지고 철저히 프리랜서 체제로 계약이 바뀌어 운영되면서 아나운서들의 사기도 점점 낮아졌다. 이제는 '회사에 아르바이트 하러 온다 생각하고 방송을 하자'는 자조적인 농담이 나오기도 했다. 인기가 많은 아르바이트 자리처럼, 떠나간 사람들의 빈 자리는 너무도 빠르게 새로 들어온 후배들이 채워가고 있었다. 대체 불가능한 사람이 되고 싶었는데, 나 역시 곧 너무도 쉽게 대체되어 버릴 것만 같았다. 내가 없어도 되고 내가 아니어도 되는 자리에 앉아있는 기분이었다.

이 시기를 겪으며 나는 막연하게나마 다짐을 했다. 혹시나 내가 이 직업을 잃게 된다면, 이다음에 선택할 일은 어떤 형태가 되든 내가 아니면 안 되는 것을 하자고. 대단한 일이든 아니든 나만이 할 수 있는 일을 찾자고.

제 이야기를 세상에 털어놓는 일.
이건 확실히 저만 할 수 있는 일이라서
행복합니다.

산책하기 좋은 청계천도 가까이 있고, 주변에는 맛집도 많다. 삼청동이 가까워 퇴근하고 산책 겸 놀러 나가기에도 좋고, 출근 전 시간이 빌 땐 광화문역 근처 대형 서점에서 책을 읽으며 시간을 보내기도 한다. 회사 건물 꼭대기에 있는 구내식당에서는 넓은 창을 통해 파란 하늘과 바로 앞에 있는 경복궁까지 내려다보인다. 이런 환경에서 일한다니, 얼마나 완벽한 회사생활처럼 들리는가! 그러나 주변이 아무리 아름답고 편리한 것들로 둘러싸여 있다 해도, 당시 회사라는 공간은 내게 지옥이나 다름없었다. 아름다운 풍경을 보며 밥을 먹어도 마음이 불편하면 부드러운 빵 한 조각도 생선 가시처럼 목에 걸리는 법이니까.

한때 꿈꾸던 일터였던 이곳이 어쩌다 지옥이 되었을까. 곳곳에 불구덩이가 있고 용암이 솟구쳐 오르는 등의 험난한 환경만 있어서는 지옥이 될 수 없다. 그 안에 함께 하는 사람들 사이에 신뢰가 없고 배려가 부족해서 모두가 불행해졌을 때, 그때 비로소 그곳은 지옥이 된다. 만일 어떠한 연유로 사랑하는 사람, 아끼는 사람을 잃은 이가 있다면 지옥에서는 그를 어떻게 대할까. 조용히 등을 토닥여 주고 아무 말 없이 기다려주기보다는 '어쩌다 그랬어?' '왜 그랬어?' '어떻게 된 일이야?'하고 꼬치꼬치 캐물을 것이다. 지옥 사람들에게는 누군가의 아픈 마음을 헤아리는 것보다 자신들의 호기심이나 궁금증을 채우는 게 우선일 테니까.

가까이 지내면서 믿고 의지하던 동기마저 회사에서 그만 나오라는 통보를 받았던 날이었다. 침울하고 암담했다. 방송을 진행할 기운도 없고 즐겁게 웃는 척할 기분도 아니었다. 어깨가 축 처진 채로 분장실에서 대기하고 있던 내게 한 선배가 다가와 물었다. "OO이 어떻게 된 거야? 왜 그런 거야? 이랬다던데 사실이야? 저랬다던데 진짜야?…" 그래, 궁금할 수 있다. 질문할 수도 있다. 하지만 그에게서 어떠한 진정성이나 위로하는 마음이 조금도 느껴지지 않았다. 그저 '너무 궁금해서 알고 싶어 하는' 마음뿐인 듯했다. 대답할 수가 없었다. 아니 대답하고 싶지 않았다. 단순히 누군가의 궁금증을 풀어주기 위해 납득되지도 않는 상황에 대해 미주알고주알 떠들고 싶지 않았다. 내가 할 수 있는 건 자리를 피하는 것뿐이었다. 그날 밤 퇴근 후 그 선배로부터 나의 태도를 힐난하는 장문의 메시지를 받았다.

나에게 무리하게 대답할 것을 요구하는 사람도 있었지만, 반대로 과하게 답을 주려는 사람도 있었다. 어느 날 소위 '윗분'이라고 불리는 사람들 중 한 분과 잠시 마주앉아 상담 형식의 대화를 나누게 되었다. 우리 회사 아나운서들이 처한 현실에 대해 설명드리던 중 '플랜 B'에 대한 이야기가 나왔다. 입사하면서부터 '이 회사에서 잘리면 다음엔 무엇을 해야 할까'에 대한 고민을 시작해야 한다고 토로하던 대목이었다. 이야기를 하던 중 내가 조금 격앙되어 목소리 톤이 높아지고 표정도 상기되었던 모양이다. 가만히 내 이야기를 듣고 있던 그분이 이런 말을 내뱉었다. "김정 씨, 플랜 B가 고민되는 모양인데 다음 직업으로는 뮤지컬 배우 어때? 이야… 지금 이야기하는 모습이 마치 연기자 같네? 표정도 그렇고 목소리도 그렇고 아주 생생하다! 껄껄껄…"

위의 두 분 모두 아나운서 부서에 속하지 않은 다른 직종의 정규직 선배들이었다. 당장 일주일 후부터라도 '그만 나오라'는 한마디면 일자리를 잃을 수 있는 프리랜서 아나운서들과는 너무도 다른 위치에 있는 분들이다. 당연히 우리의 고충과 우리가 처한 상황에 대해 깊이 공감하고 이해하기는 어려웠을 것이다. 하지만 강 건너 불을 구경하더라도 최소한의 예의와 배려는 있어야 한다. 가진 것이 모두 불에 타 울고 있는 사람을 달래 주지 못할 거라면 적어도 비아냥거리며 놀리지는 말아야 할 것이다. 나는 아나운서로 일하는 동안 늘 불안함에 시달렸고, 그 불안함을 비웃기라도 하듯 배려 없는 행동을 하는 사람들 때문에 또 한 번 마음에 상처를 입었다. 어떤 위치에 있든 상대에게 공감하고 위로해줄 수 없다면 한 발짝 물러서서 선이라도 지켜야 한다. 불구경을 하더라도 안타까운 마음으로 지켜보는 것과 호기심으로 구경하는 것은 천지 차이다.

뮤지컬 배우가 될 수 있을지
진지하게 고민해보았습니다.
그런데 저는 가성이 아니면 노래를 못 합니다.
조언 감사했습니다.

## 플랜C

여의도에 살면서 광화문으로 출퇴근을 하면 길 위에 빽빽하게 박힌 수많은 건물들과 그보다 훨씬 더 많은 사람들을 매일 볼 수 있다. 요즘 가장 많이 드는 생각은 '이 많은 사람들은 다 무슨 일을 하면서 먹고 살까'에 관한 것이다. 이 생각에 빠져 이 사람 저 사람 관찰하다 보면 삼십 분 정도 되는 출퇴근길이 지루하지 않다. 마포대교를 건너자마자 첫 정거장에서 내린 건장한 젊은 남자는 길 건너편 헬스장 트레이너일 것 같다. 영어 단어장에 얼굴을 파묻다시피 집중하고 있는 학생은 토익 준비를 하고 있는 모양이다. 허무하게 회사를 떠난 나의 선배, 후배, 동료들은 무슨 일을 하면서 지내고 있을까. 오늘 출근길에 마주쳤던 수많은 사람들 사이에 섞여 다시 새로운 일을 찾기 위해 노력하고 있겠지. 나처럼 '이 사람들은 무슨 일을 하며 먹고 살까'를 궁금해하면서.

"아나운서 그만두면 뭐 하실 거예요?" 프리랜서 아나운서들이 가장 두려워하는 질문이다. 그래서 우리는 충분히 친해지기 전까지는 웬만하면 서로에게 이것만큼은 잘 묻지 않는다. 우선 '그만두면'이라는 말부터 마음에 걸린다. 우리나라에서는 유독 여자 아나운서의 활동 기간이 짧다. 대다수의 아나운서들이 2년 계약직, 혹은 프리랜서로 근무하기 때문에 임신을 하거나 몸이 아파서 등의 이유로 회사를 그만두게 되면 대부분 다시 돌아가지 못한다. 그러니까 우리가 그만두고 싶어서 그만두는 경우는 많지 않다는 뜻이다. 후배들에게 항상 '플랜 B'를 강조하는 이유다. 아나운서로 활동하던 사람들이 흔히 선택하는 플랜 B 중 하나는 스피치 아카데미 강사나 각종 기업의 행사 사회자이다. 누군가는 아나운서로 근무하는 동안에 '취집'을 해야 한다고 말하기도 한다. 취직과 시집을 합친 '취집'이라는 단어를 처음 들었을 때 느꼈던 충격과 씁쓸함을 아직도 잊지 못한다. 이토록 반짝반짝한 사람들의 플랜 B가 왜 고작 이 정도뿐일 걸까.

아무리 생각해봐도 나는 방송 일을 그만둔 후에 스피치 아카데미에 취직하고 싶지도, 행사 사회를 보러 다니고 싶지도 않다. ('취집'은 선택지 내에 존재하지도 않는다.) 물론 이들 역시 전문성을 필요로 하는 가치 있는 직업이긴 하지만, 왠지 나에게는 그다지 매력적으로 다가오지는 않았다. 단순히 말을 하던 직업에 종사했었다는 이유만으로 '배운 게 도둑질'이라는 식의 선택을 하고 싶지 않았던 일종의 오기일 수도 있다. 뻔하디 뻔한 플랜 B가 아닌 나만의 특별한 제3의 길, '플랜 C'를 찾고 싶었다.

언젠가 티비에서 평범한 회사에 다니다가 목수가 된 사람, 무용을 하다가 심리치료사가 된 사람의 이야기를 본 적이 있다. 이분들은 대체 어떤 계기로 전혀 새로운 두 번째 직업을 갖게 됐을까. 겉으로 보기에는 서로 연관성이 없는 업종으로 갑작스럽게 전환한 것처럼 보이지만 사실 이분들의 인터뷰를 잘 들어보면 이전부터 그 분야에 대한 끌림이 있었다고 한다. 목수가 된 분은 어려서부터 나무가 많은 숲에 가면 마음이 편안해지고, 손으로 뭔가를 만드는 걸 좋아했단다. 심리치료사가 된 무용수는 감정을 표현하고 전달하는 것뿐만 아니라, 다른 사람의 감정을 읽는 공감과 소통에서 진정한 행복을 느낀다고 했다.

'나는 어떤 걸 할 때 가장 큰 행복을 느꼈지?' 지난 경험들을 가만히 돌이켜봤지만 아무리 생각해도 내 인생은 너무나 단조로웠다. 대학 입학 전까지는 입시를 위한 공부만 했고, 대학 입학 후에는 아나운서 시험을 준비했다. 그리고 졸업하자마자부터 20대가 다 가도록 방송 일만 했으니 결국 '배운 게 방송질(?)' 뿐인 셈이다. 이만큼 나를 행복하게 하는 일을 또 찾을 수 있을까? 이 일을 못 하게 되면 나는 뭘 할 수 있을까? 정말이지 방송 일을 그만두면 몇 달 안에 굶어 죽게 생겼구나 싶다. 겉으로 보기엔 화려하고 멋진 직업이지만 실상은 고작 굶어 죽을까 봐 걱정하고 있는 모양새라니. '빛 좋은 개살구'라는 말은 딱 이럴 때 쓰는 말인가보다.

나는 이때까지만 해도 '직업'과 '직장'을 구분할 줄 몰랐다. 직장이 곧 직업인 줄 알았기 때문에 직장에서 떠나는 것은 곧 직업을 잃는 것이라고 생각했다. 남은 시간이 얼마 없는 듯한 직장 생활 때문에 '이제 직업도 없는 사람이 되겠구나'하고 지레 겁을 먹었던 것이다. 하지만 직장과 직업은 엄연히 다른 의미를 가지고 있다고 한다. 직장은 일을 하는 건물, 즉 공간의 개념이고 직업은 스스로를 독립시킬 만한 기술과 능력을 뜻한다. 그러니까 나만의 직업을 잘 만들어 놓으면 직장을 떠난다고 해서 바로 부식이 되지는 않는 셈이다.

이렇게 본다면 나는 어쩌면 개살구가 아닐지도 모른다. 회사에서 당장 쫓겨난다 해도 '직업을 잃었다'고 생각할 필요는 없는 것이다. 1년에 천 회 정도의 방송을 하고 그렇게 5~6년을 일했으니 분명 내 안에 나도 모르는 능력과 잠재력이 쌓이고 쌓여왔을 테다. 보석을 찾듯 그 안에서 반짝거리는 능력들을 섬세하게 고르고, 사소하지만 내가 행복하게 할 수 있는 일과 엮어본다면 내게 딱 들어맞는 플랜 C를 목에 걸 수 있지 않을까.

최근 들어 가장 크게
웃어본 적이 언제인가요?
무슨 일을 하던 중이셨을지 궁금해요.

## 어떤 선물

살다 보면 한 번씩 이 세상이 나를 테스트하는 느낌이 들 때가 있다. 종교는 없지만 이럴 땐 하늘을 쳐다보면서 묻고 싶어진다. 대체 저한테 왜 이러세요…? '신은 인간에게 선물을 줄 때 시련이라는 포장지에 싸서 준다'는 말이 있다. 그 포장지를 뜯기 전까지는 도대체 선물이 뭔지, 그 안에 선물이 있기나 한 건지 알 수가 없다. 게다가 이 시커멓고 얼룩진 포장지는 벗기기도 어려워서, 그길 곰곰이 뜯으면서 선물을 찾아보고 싶은 생각이 들지를 않는다. 그래서 아주 어렵게 포장지를 벗기는 데 성공하고 선물을 찾는 사람도 있지만, 끝끝내 그 안의 선물을 발견하지 못하고 짐으로만 여기며 살아가는 사람도 있다.

그날은 참 선물 같은 하루였다. 그럴 뻔했다. 오전 방송을 마치고 오후에 퇴근해서 데이트를 하고, 삼청동의 한 고즈넉한 식당에서 저녁을 먹었다. 텅 빈 냉장고를 채우기 위해 이것저것 장을 보고 남자 친구가 집까지 태워다 줬다. 장 봐 온 물건들을 하나씩 꺼내서 냉장고에 넣기 시작할 무렵 남동생에게 전화가 걸려왔다. "누나 빨리 내려와야겠어. 아빠가 좀 많이 아프시대. 오늘이 마지막일 수도 있대" 귀가 먹먹하고 머리가 울리기 시작했다. 분명 말이 되는 말을 들었는데 말이 되지 않았다.

한 시간을 훌쩍 넘겨 겨우 병원에 도착했지만 아빠는 나를 기다려주지 않았다. 왜 지금? 왜 이렇게? 왜 우리 아빠가? 응급실의 수많은 침대 가운데 얼굴이 잿빛으로 변한 아빠가 누워 있었다. 아빠는 건장한 체격에 사소한 감기조차도 잘 앓아본 적이 없는 건강한 사람이었다. 이렇게 하루아침에, 그토록 아끼던 딸에게 인사 한마디도 없이 갑자기 눈을 감아버릴 사람이 아니었다. 하지만 아빠는 떠났다. '얼굴이라도 보고 떠났어야지…' 벽돌색처럼 변한 아빠의 얼굴을 한없이 노려보면서 아무것도 모르고 편안하게 보낸 오늘 하루를 저주했다. 입관식을 하며 가족들이 마지막으로 아빠에게 소리 내어 인사를 건넬 때에도 나는 조용히 손만 꼭 잡은 채 아무 말도 하지 않았다. 하지만 아빠는 들었을 것이다. '아빠, 나 믿고 편히 가.'라고 수없이 속으로 외친 맏딸의 필사적인 마지막 인사를.

그렇게 아빠를 떠나 보낸지 2주 후 나는 회사로 돌아왔고, 그로부터 두 달 후 전 국민이 기억하는 그날이 찾아왔다. 2014년 4월 16일. 학생들을 태운 배가 진도 앞바다에서 가라앉았다. 아무리 슬퍼도 방송을 할 때만큼은 억누를 수 있었던 감정들이 이제는 시도 때도 없이 튀어나왔다. 당시 나는 회사의 메인 뉴스를 진행하고 있었고 그 외에도 몇 개의 프로그램을 더 맡고 있었는데, 모든 시간대의 뉴스에서 내내 세월호 사고 소식을 집중적으로 보도했다. 시련의 포장지는 열릴 기미가 보이지 않았다. 오히려 점점 더 무겁게 쌓여만 가는 듯했다. 어깨가 짓눌려 무겁다 못해 잘려 나갈 것만 같았다. 제정신으로 견딜 수 있는 무게가 아니었다. 2014년 4월의 모든 하루하루가 너무나도 무거웠다.

하지만 나는 계속 살아야 하고, 일을 해야 했다. 정신을 놓으면 어디에서든 어떤 상황에서든 무너지는 건 한순간일 것이기 때문에 때와 장소를 가려 무너져야 했다. 우선 매일 퉁퉁 부은 얼굴로 방송하지 않으려면 주중에는 절대 울어서는 안 됐다. 평일에는 감정을 단단히 잠갔다. 뉴스를 진행하는 시간 외에는 되도록 멍하게, 되도록 얼빠진 상태로 있으려고 노력했다. 그러다 금요일 밤이 되면 집에 돌아와 문을 닫는 순간부터 밤을 새워 꺼이꺼이 울었다. 일주일 동안 무너지지 않기 위해 눌러 놓았던 감정의 스프링이 일주일 어치의 힘으로 튀어 올라 폭발해버렸다. 그렇게 마음껏 울고 토요일 하루 쉬면서 부기를 빼고 나면, 다시 일요일부터 마음속 스프링을 지긋이 눌러가며 일을 하는 사이클을 반복했다.

대체 무슨 선물이 들었길래 이렇게 까도 까도 시련에 싸여 있는 일이 나에게 일어난 걸까. 이런 감정의 극기 훈련 같은 삶 속에서 정말 내가 얻고 배우는 게 있기는 할까. 시련에 선물을 싸서 주기는커녕 시련 속에 또 다른 시련 뭉치를 무겁게 욱여넣어 던진 게 분명하다고 생각했다.

그 두꺼운 포장지를 여는 데에는 꽤 오랜 시간이 걸렸다. 몇 년이 흐른 어느 날 일을 마치고 집에 돌아와 침대에 누워 하루를 돌이켜보던 중 나는 문득 감사하다는 감정을 몸서리치게 느꼈다. 침대에 누운 채 오늘 내가 처할 수 있었던 모든 위험에 대해 떠올렸다. 출근길에 탔던 버스가 사고 없이 무사히 나를 회사로 데려다주었고, 회사 건물의 엘리베이터가 무사히 나를 사무실에 내려주었으며, 돌아오는 길에 타고 온 자전거 역시 아무 문제 없이 나를 집 앞까지 태워 왔다. 누군가의 작은 실수와 작은 사고로도 죽음은 나에게 바짝 접근해 저세상 문턱을 넘게 할 수 있었다. 하지만 나는 그 수많은 변수를 모조리 비껴와 오늘도 무사히 살아 남았다.

그때의 감정을 글로 어떻게 설명해야 할지 모르겠다. 하루의 무게를 날것 그대로 느끼는 기분이랄까. 내가 그토록 버거워하던 하루하루의 무게는 무겁다고 해서 덜어낼 수 있거나 덜어내도 되는 것이 아니었다. 하루하루를 금덩이처럼 여기는 것, 무거울수록 감사하자고, 가치가 있는 만큼 무게도 무거워지는 거라고. 오랜 시간에 걸쳐 힘겹게 열어젖힌 포장지 속에는 이 마음가짐이 들어 있었다.

요즘 당신의 하루의 무게는

몇 kg인가요?

침묵해 주세요.

단어는 마음을 에는 비수

날 내버려 둬요…

상냥한 침묵과 따스한 외면만이

오로지 나를 위로해 주어요

가수 김윤아 씨의 노래 '가만히 두세요'의 가사 중 일부다. 내가 받고 싶은 위로의 방식을 정확히 표현한 문구라 볼 때마다, 들을 때마다 참 좋다. 특히 '단어는 마음을 에는 비수'라는 표현이 가장 날카롭게 가슴에 와 닿는다. 넘어지거나 부딪혀서 맨살에 상처가 생기면 그 직후에는 아주 살살 만지기만 해도 쓰라리고 아프다. 아프지 말라며 '호' 해준답시고 자꾸 건드릴수록 상처 부위가 고통스럽기만 할 뿐 실제로 빨리 낫는 것도 아니다. 몸에 난 상처는 가만히 두면 낫는다는 것을 알면서도 간혹 마음의 상처는 가만두고 보지 못하는 경우가 있다. 누군가 힘들어하는 모습을 보면 나서서 도와주고 싶은 선한 마음, 해결해줄 수 있으리라는 어리숙한 기대로부터 나오는 행동이다. 의도가 완벽히 선하더라도 상대의 입장을 충분히 배려하지 않으면 자신도 모르는 사이 오히려 상처를 하나 더 만드는 꼴이 될 수도 있다.

아빠를 떠나 보내고 회사로 돌아와 일을 시작한 첫날, 회사의 '높으신 분'께서 나를 자신의 사무실로 불렀다. 장례를 치르고 돌아온 직원에 대한 격려와 위로 차원의 면담이 될 거라고 했다. 엘리베이터를 타고 한 번도 눌러본 적 없는 층수를 눌렀다. 비서분의 안내를 받아 안으로 들어가니 상당히 큰 공간이 펼쳐져 있었다. 큰 테이블을 끼고 넓은 소파에 멀찍이 마주 앉은 채로 마치 취재원과 기자 사이에서 오갈 법한 건조한 대화가 시작되었다. 아버님 연세는? 어쩌다가? 평소에 지병이 있으셨나? 담배를 태우셨다고? 얼마나 오래?……. 질문 하나하나가 날카로운 송곳이 되어 내 상처를 찌르고 또 찔렀다. 이것이 위로와 격려인가? 취재 혹은 취조가 아닌가? 아빠와 비슷한 연배인 그분은 내 이야기를 통해 건강관리의 중요성을 깨달은 듯 보였다. 한껏 각성한 얼굴로 이것저것 본인의 궁금증을 해결한 후 그는 나를 놓아주었다. 내가 기억하는 생애 최악의 위로, 아니 인터뷰였다.

위로는 말로 하는 게 아니다. 오히려 그 반대, 즉 침묵으로 혹은 행동으로 하는 것이 진짜 위로다. 부고 소식을 듣고 가장 먼저 달려와 준 한 아나운서 동기는 장례가 끝나고 화장터에까지 와서 조용히 자리를 지켜주었다. 장례식장에서 음식을 나르는 등 궂은일을 묵묵히 해준 회사 선배는 내가 온전히 아빠를 잘 보내드리는 데 집중할 수 있도록 도와줬다. 이들은 곁에 있는 줄도 모르게 묵묵히 자신이 할 수 있는 것을 해 주며 온 마음을 다해 나를 위로했다. 며칠간 아무것도 먹지 못하고 있던 나를 장례식장 구석에 끌어 앉혀 국에 밥을 말아 먹인 친구, 승용차 한 대로 가족들이 같이 화장터로 이동하느라 남겨진 차 한 대를 두어 시간 거리에 있는 우리 집까지 운전해서 가져다 준 친구, 마음이 복잡할 때 해보라는 쪽지와 함께 컬러링북을 내 사물함에 넣어놓은 선배. 이들 모두 내게 여러 마디의 말 대신 침묵으로, 행동으로 진짜 위로를 건넸다.

우리는 절대 타인의 마음을 온전하게 이해할 수 없다. '그러할 것이다' 정도로 미루어 짐작할 수만 있을 뿐. 그런데 살다 보면 가끔 '나한테 다 털어놔 봐. 얘기 좀 해봐 얼른' 하고 다그치는 이들을 만나게 될 때가 있다. 그렇게 강요하는 사람의 말일수록 위로가 되기는커녕 마음을 더 쓰라리게 한다. 정말 내가 느끼는 고

통이 무엇인지, 내가 진정으로 원하고 바라는 것이 무엇인지 아무리 설명해도 그것은 그들의 귀와 마음에 가 닿지 않는다. 오히려 한술 더 떠, 이렇게까지 해 줬는데 왜 고마워하지 않느냐며 상대를 탓하기까지 한다. 이런 사람과 대화를 나누고 나면 혼자 조용히 생각을 정리할 시간도, 일상을 살아낼 소중한 체력도, 다른 일을 할 에너지마저도 잃게 된다.

오래도록 마음에 남는 위로에는 억지스러움과 오만함이 없다. 위로를 받게 될 상대가 정말 나의 위로를 필요로 하는지, 필요하다면 과연 어떤 방식으로 해주는 것이 좋을지 배려해야만 비로소 진정한 위로를 전할 수 있다. 내 역할이 아니라고 생각되면 상냥한 침묵과 따스한 외면으로 배려하면 된다. 갑작스럽게 힘든 일을 겪게 된 사람에게 꼭 '괜찮아?'라고 묻지 않아도 된다. 괜찮지 않다는 것을 질문하는 사람도, 질문을 받는 사람도 알기 때문이다. '네 괜찮아요'라고 거짓말을 하지 않아도 되도록 상대의 에너지를 아껴주는 것도 참 따뜻한 배려다. 먼발치에서 조용히 응원을 보내더라도 다 느낄 수 있다. 오히려 더 고마워할지 모른다. 아무 말 없이 같이 울어준 사람, 한동안 손을 꼭 잡고 있다가 등을 토닥여주고 간 사람, 멀리서 눈이 마주쳤을 때 '내가 여기에 있다'는 듯 가만히 고개를 끄덕여준 사람. 몇 해가 흘렀어도 나는 아직 이런 위로가 가장 기억에 남는다. 굳이 애써 위로하지 않는 위로가 나에게는 진짜 위로였다.

서럽게 울고 있을 때
키우던 강아지가 다가와
가만히 눈물을 핥아 준 적이 있어요.
말은 못 하지만
위로는 그 어떤 사람보다 잘 하는 아이예요.

내가 다니던 회사에는 예로부터 전해져 내려오던 저주가 한 가지 있었다. 철야 근무 당번이 되면 얼마 가지 않아 회사를 나가게 된다는 것. 24시간 뉴스 채널이라 언제 어떤 시간에 티비를 틀어도 항상 뉴스가 나오는데, 그 말인즉슨 새벽 두 세시에도 뉴스를 진행할 누군가가 있어야 한다는 뜻이다. 하지만 이 시간대 뉴스를 맡고 싶어 하는 아나운서는 당연히 아무도 없다. 철야 당번이 된 사람은 저녁 일고여덟 시쯤 출근해서 자정 뉴스를 시작으로 다음 날 새벽 네 시까지 일하고 퇴근해야 했다. 낮에는 자고밤에는 일을 하면서, 남들과 출퇴근 시간을 거꾸로 유지해야 하는 것이다. 이런 삶의 패턴은 불편함을 넘어서 부작용을 가져오곤 하는데, 주로 피부 트러블이나 우울증, 만성피로 등이다. 게다가 이틀에 한 번 출근이라 월급도 줄어들고, 시청률도 거의 나오지 않는 시간대이기 때문에 일하는 보람도 느끼기 어렵다. 여기까지 읽는 동안 혹시나 하셨겠지만, 역시나 그렇다. 내가 철야 당번이 되었다.

철야 당번을 직접 해보기 전까지는 진짜 저주가 무엇인지 모른다. 피부 트러블이나 피로감 따위하고는 견줄 수 없는 가장 무서운 저주는 따로 있다. 전화기만 울려도, (울리는 화면 속 전화번호가 회사 번호라면 더더욱) 팀장님이 내 이름을 부르기만 해도 심장이 덜컥 내려앉는 끔찍한 불안감. 죄를 지은 것도 아닌데 이런 사소하고 일상적인 일에도 화들짝 놀라 절절매게 되는 그 불안함이 바로 새벽 근무의 진짜 저주다. 앞서 철야 근무를 하던 도중 회사를 나가라는 통보를 받게 된 동료들의 사례를 봐왔기 때문에, 이제 곧 내 차례라는 생각이 늘 가슴 속에 무거운 돌덩이처럼 자리 잡아 버렸다. 어떠한 이유로든 심각한 불안함에 시달려 본 사람은 안다. 불안이라는 감정은 마치 두껍고 시커멓고 커다란 담요와 같다. 어떤 일이든 그 검은 담요로 덮어버리면 그 안에 든 물건들의 제대로 된 형체와 색깔을 볼 수가 없다. 그렇게 불안함은 일상 전체를 덮어버려, 그 안의 소소한 계획과 즐거움이 빛을 잃게 만든다.

언젠가 근무를 쉬는 날 낮에 기분전환도 할 겸 친구들과 놀이공원에 놀러 간 적이 있었다. 오랜만에 '꿈과 희망의 나라'에서 잠시나마 불안감을 떨쳐 버리고 싶었다. 신나게 바이킹을 타고 나와서 보니 부재중 전화가 와 있었다. 심지어 앵커 팀장의 번호가

찍혀 있었다. 또 반사적으로 심장이 철렁 내려앉았다. 후룸라이드 줄을 서서 팀장에게 전화를 걸었는데, 한참 동안 연결이 되지 않았다. 그때부터 '꿈과 희망'은 온데간데없고 그곳은 '불안과 초조의 나라'가 되어 버렸다. 무슨 말을 하려고 근무도 없는 날에 전화를 걸었을까. 왜일까. 그만 나오라는 통보 전화였을까? 후룸라이드를 탈 기분이 아니었다. 내 인생이 나락으로 떨어지는 기분인데 배를 타고 또 떨어지고 싶지가 않았다. 하얗게 얼굴이 질린 나를 보고 친구들까지 걱정하기 시작했다. 한참 후에야 앵커 팀장에게서 다시 전화가 왔고 다행히 별것 아닌 용건이었다. 전화를 끊고 나니 긴장이 풀려 온몸에 힘이 빠져버렸다. 애써 태연한 척 후룸라이드를 탔지만 공중에서 아래로 떨어지기 직전 잠시 멈춘 배 안에서 수많은 감정이 밀려왔다. 그리고 일순간 낮은 곳으로 고꾸라지듯 떨어지는 기분이 예사롭게 느껴지지가 않았다.

적절한 불안은 사람을 움직이게 하지만 지나친 불안감은 사람을 멈추게 만든다는 말이 있다. 실제로 당시 나는 어떤 것에도 감흥이 없었고 무엇을 해도 집중이 잘 되지 않았다. 짜릿한 스릴을 느껴야 할 놀이기구에서조차 불안에 사로잡혀 있었으니, 일상에서는 오죽했을까. 어떤 물감이든 검은색을 섞어버리면 검은색이 되어버리는 것처럼, 일상 속에서 느끼는 다양한 감정들도 결국에는 불안으로 귀결되어 버리곤 했다. 괜히 수선을 떨면서 이런

저런 취미 활동을 해 보려 노력했지만 시커먼 불안을 지울 수는 없었다. 그렇게 조금씩 나의 일상이 블랙홀 같은 검은 담요 안으로 빨려 들어가고 있었다.

불안의 블랙홀에서 빠져나오는
당신만의 방법이 있나요?

저주의 기운은 또 다른 영험한 기운으로 물리쳐야 하는 법. 아나운서 준비생 스터디 모임에서 만난 언니 오빠들과 함께 용하다는 압구정 사주 카페에 찾아갔다. 방송 업계가 워낙 경쟁이 치열하고, 합격한다고 해도 안정적이지 않아 모두 각자 앞날에 대한 고민을 안고 있었다. 우리는 경건하게 앉아 '선생님'이라 불리는 그분께 '생년월일시'와 현재의 가장 큰 고민을 한 가지씩 털어놓았다. 나는 당연히 지금 가장 내 마음을 괴롭히는 극심한 불안감의 원인에 대해 말씀드렸다. "저 언제쯤 잘릴까요?" 회사에서는 누구에게도 묻지 못할 질문을 소리 내어 해보는 것만으로도 조금은 마음이 홀가분해졌다. 역술가는 이것 저것 종이에 끄적이더니 곧 똑 떨어지는 답변을 내놓았다. "내년 못 넘겨." 이렇게나 구체적이고 직설적인 답이 나오다니! 도끼로 장작을 패는 걸 아주 가까이에서 들여다보는 듯 속이 시원하면서도 아찔했다.

그분의 표현을 그대로 빌리자면 나는 그 다음 해가 끝나기 전에 원치 않게 회사를 나오게 되는데, '피눈물을 흘리면서 이 업계를 떠나 다시는 방송을 하고 싶어지지 않을 것'이란다. 오로라 공주가 열여섯에 물레에 찔려 죽게 될 거라고 한 마녀의 저주만큼이나 무시무시하다. 사주 선생님의 쏘는 듯한 음성과 확정적인 어투로 나의 미래에 대해 듣고 나니, 그때부터는 믿고 안 믿고의 차원이 아니라 아예 그 점괘를 기정사실로 받아들이게 되었다. 저주를 풀러 갔다가 더 강력한 저주를 하나 더 받아온 셈이다. 가만, 그럼 이제 고작 일 년밖에 남지 않았다. 무서운 저주를 받고도 깊은 잠에 빠지는 그날까지 천진난만하게 잘 지낸 오로라 공주처럼, 나도 회사에서 나가라는 통보를 받는 그날까지 담담하게 일상을 유지해보리라 다짐했다. 물론 오로라는 왕자의 키스를 받고 잠에서 깨어나지만, 나는 누구의 도움도 없이 이 시기를 헤쳐나가야 하겠지.

그로부터 일 년이 훌쩍 지나 역술인이 말했던 기한인 2016년 한 해가 끝나가고 있었다. 이제 열흘만 더 지나면 올해도 끝이 나고 저주도 풀리는 건가 싶어 시간이 빨리 흐르길 바랐다. 살면서 이토록 간절히 손꼽아 새해를 기다려본 적은 없었다. 그렇게 2017년을 일주일 앞둔 어느 날 오후. 물레 돌아가는 소리 같은 불길한 전화벨이 울렸다. 본능적으로 전화번호 앞자리를 확인했다. 회사 번호였다. 2년 내내 그렇게 전화벨만 울리면 불안하더니, 그날은 신기하게도 마음이 차갑도록 담담하게 가라앉았다. 그리고 직감적으로 그날이 결국 와버렸다는 걸 알았다. 오로라 공주가 깊고 깊은 잠에 빠지게 되는 날, 역술인이 예고했던 '피눈물을 흘리며 회사에서 떠나게 되는' 날. 전화를 건 사람은 행정팀장이었다. 당장 일주일 후부터 나오지 않으면 된다고 했다. 함께 보도국에 근무했던 국장도 부장도 앵커팀장도 아닌, 행정팀장의 전화 통보. 5년을 넘게 몸담고 있던 회사에서 일을 마무리 짓는 순간에도 나는 인간 '김정'이 아닌 그저 '행정적 처리 대상'에 불과한 대접을 받았다. 이름을 지워버리고 나면 언제 그 자리에 있었냐는 듯 깨끗이 없어지는 그런.

마포대교를 걸었다. 당장 마음을 다스리기 위해 할 수 있는 것이 그것밖에 없었다. 그날따라 유난히 한강이 시커멓게 보였다. 받아들이기 힘든 일을 맞닥뜨리면 뇌도, 심장도 버퍼링이 걸린 것처럼 한동안 멍한 느낌으로 멈춰 버린다. 시간이 흐르면서 감정들이 하나씩 처리되기 시작하면, 그동안 꾹꾹 눌러왔던 분노가 느껴지기 시작하고 슬프기도 했다가 또 허탈해지기를 반복했다. 그러다 마지막에 남은 감정은 억울함이었다. 대체 어떤 이유로 회사를 나가야만 하는 건지 아무도 대답해주지 않았고 그저 '위에서 내린 결정'이라는 말만 반복했다. 모든 상사가 애써 나를 외면하고 고개를 돌렸다. 나는 나름대로 내 분야에서 인정받으면서 일하던 아나운서였다. 회사의 메인 뉴스를 진행하기도 하고, 한때 가장 많은 프로그램의 진행을 맡았으며 심각한 방송사고를 낸 적도 없이 그렇게 5년 가까이 근무해왔다. 주말에도 출근해 뉴스를 진행하고, 회식에도 참여했다. 나는 최소한 '위에 계신' 그 누군가로부터 '그동안 고생했다'는 말 정도는 들을 자격이 있다고 생각했다. 하지만 어떤 방침에서인지, 행정팀장의 전화 통보가 마지막 인사의 전부였다.

억울함이라는 감정은 분노와 슬픔이 마구 뒤섞여 끈적하게 응고되면서 만들어진다. 화가 났던 일, 슬픈 일은 살면서 잊어갈 수 있지만 억울했던 일은 쉬이 잊히지 않는다. 억울함은 사람을 어린아이처럼 심술이 나게 한다. 이게 아니라고, 내 억울함을 좀 알아 달라고 떼를 쓰고 싶게 만든다. 하지만 우리는 다 큰 어른이기에 바닥에 누워서 소리를 지르며 울 수도, 바짓가랑이를 잡고 왜냐고 따져 물을 수도 없는 노릇이다. 서른이 되었지만 마음속에서는 세 살짜리 어린아이가 소리를 지르며 대성통곡을 하고 있었다. 그 녀석을 달랠 기분이 아니었다. 나도 저렇게 마음 놓고 울어버리고 싶었다. 아니, 차라리 모든 기억을 지우고 잠자는 숲속의 공주처럼 오랜 잠에 빠져버리는 것이 좋겠다. 내 가치를 알아주는 곳, 그에 합당한 최소한의 예의는 지켜주는 곳을 만날 때까지.

저는 단 한 번도 저 자신을
동화 속 공주와 동일시해 본 적이 없었어요.
오로라 공주가 처음이에요!

## 마지막 뉴스

은퇴 경기 일주일 전, 스포츠 선수들의 마음에는 어떤 감정들이 스쳐 갈까. 언젠가 마지막 경기를 앞둔 한 선수의 인터뷰를 본 적이 있다. 이제 일주일 뒤면 더이상 이 경기장에 선수로 설 수 없다는 사실이 아직은 실감이 나지 않는다고 했다. 마지막 경기에 임하는 다짐을 묻자, 그는 '그동안 열정을 쏟아 노력해온 만큼 실수 없이 끝까지 좋은 플레이를 하고 아쉬움 없이 마무리하고 싶다'고 대답했다. 사실 아무리 좋은 경기를 펼친다 해도 애정을 갖고 열심히 해 오던 일을 마무리 짓는 순간에 아무런 아쉬움이 남지 않을 수는 없을 것이다. 그동안 최고의 경기, 멋진 연주를 보여줬던 사람들도 마지막을 맞을 때는 늘 '돌아보면 아쉬움이 남는다'고 말했다. 그들만큼 훌륭하고 화려한 자리는 아니었지만, 나 역시 마지막 방송을 일주일 앞두고 복잡한 마음이 들었다. 뉴스를 진행하면서 누군가의 은퇴 소식을 전할 때마다 저들은 과연 어떤 기분일까 상상하곤 했다. 이제 와서 보니 스포츠 선수나 유명한 연주자들이 인터뷰에서 했던 말들은 분명 그들의 심경을 십분의 일밖에 표현하지 않은 것이었다. 뭐라 형언할 수 없는 감정들이 뒤섞인 마지막 일주일이 시작되었다.

처음 회사를 나가라는 전화 통보를 받았을 때는 사실 그 즉시 일을 그만두고 싶었다. 최소한의 예의도 없이 고작 일주일 정도를 남기고 이런 통보를 해온 회사에서 나 역시 마지막까지 책임을 다해야 할 이유가 없다고 생각했다. 하지만 그동안 내가 해온 일은 단순히 월급의 대가로 했던 노동이 아니었다. 누구나 장래 희망란에 적을 수는 있지만 결코 쉽게 이룰 수는 없는 꿈, 놀이인지 일인지 구분이 가지 않을 만큼 많이 좋아했던 일이었다. 게다가 내가 갑자기 나오지 않으면 누군가는 나를 대신해 밤샘 뉴스를 해야 한다. 체력적으로 무리가 될 뿐만 아니라, 임시로 맡았다가 그대로 눌러앉게 되는 경우도 있기 때문에 결과적으로 동료들에게 큰 피해를 줄 수 있었다. 결국 분노에 치를 떨면서도 나는 주어진 기한을 끝까지 채우기로 다짐했다. 회사가 내게 예의 없게 굴었다고 해서, 나까지 덩달아 그동안의 내 노력과 함께 일한 동료들에 대한 예의 없이 마무리할 필요는 없었다.

사랑했던 연인이 헤어질 때 '친구로 지내자'며 이별하는 경우가 있다. 쉽지는 않겠지만 나는 가능한 일이라고 생각한다. 하지만 여기에는 중요한 전제가 하나 있다. 서로 인간적인 상처를 주고받지 않았을 것. 서로의 마음에 심한 생채기를 낸 사이라면 긍정적인 감정을 남길 수가 없다. 나 역시 아나운서 자리에서 물러나 이 회사를 떠난다 해도, 가끔 이 채널을 보는 시청자로 남을 수도 있었다. 하지만 그들은 끝까지 내 마음에 깊은 상처를 남겼다. 회사를 나간다는 소문이 나자 함께 일하던 많은 분들이 진심 어린 위로를 건네기도 하고 나보다 더 화를 내시기도 했다. 그런데 회사 내의 직급이 높은 분들은 갑자기 나를 유령 취급하기 시작했다. 멀리서 걸어오시다가도 나를 발견하면 뒤돌아서 줄행랑을 친다거나, 계단을 내려오다가 내 목소리가 들리면 화들짝 놀라 다시 올라가 버리시는 모습을 여러 번 목격했다. 내가 너무 순진하게 생각했던 걸까. 사회생활의 냉정함이 이런 것이구나, 깨달았다.

어느덧 마지막 방송 날이 다가와 버렸다. 방송에 들어가기 직전 '여러분! 저는 이 회사에서 5년을 일했는데 퇴직금을 단 1원도 받지 못하고 나갑니다!'라고 생방송에서 소리치는 상상을 해보았다. 피식 웃음이 났다. 상상하는 것만으로도 적어도 1원어치는 기분이 나아졌다. 나가는 날까지도 나는 철야 방송 담당이었기 때문에, 2016년에서 17년으로 넘어가는 새해 첫 자정 뉴스를 진행해야 했다. 아이러니다. 새해 첫 방송이 나에게는 마지막 뉴스라니. 스튜디오에 들어가는 기분이 이상했다. 뉴스를 하면서 긴장을 하지 않은 지는 오래됐지만, 마지막 방송을 하러 들어갈 때는 마치 첫 방송을 하러 들어가던 때처럼 긴장이 됐다. 인터뷰에서 보았던 그 스포츠 선수도 경기장으로 들어갈 때 자신의 첫 경기를 떠올렸을까. 하지만 일단 경기가 시작되면 그런 생각은 할 틈이 없다. 나 역시 생방송이 시작되고 난 후에는 늘 하던 것처럼 덤덤하게 뉴스를 진행했다.

클로징 멘트를 해야 할 시간이 다가오자, 마지막 인사를 어떻게 남겨야 할지 고민이 되었다. 그래도 내가 활발히 활동했던 시기에 뉴스를 자주 보신 분이라면 적어도 내 얼굴과 목소리는 기억할 것이다. 그분들께 작별 인사라도 드리고 싶었다. 하고 싶은 말은 많고 많지만, 나는 '그동안'이라는 표현을 택하기로 했다. 늘 하던 클로징 멘트에 이 세 글자만 더하면 마지막 인사가 될 수 있었다. '뉴스를 마칩니다. 그동안 시청해 주신 여러분 고맙습니다'

미국 영화나 드라마에서만 보던
'헤어지고도 친구로 남는 사이'에 대한
로망이 있었어요.
현실에서는 흔치 않으니 로망이 되었겠죠?

새벽 5시가 되기 조금 전 마지막으로 회사 정문을 빠져나왔다. 하필 철야 당번으로 끝맺음을 하는 바람에 마지막 근무가 더 고요하고 그래서 더 허무했다. 새해 첫날의 새벽 공기는 시원하다 못해 싸늘했다. 늘 북적대는 광화문이 텅 비어있는 걸 볼 수 있는 유일한 때. 평소에는 고즈넉하고 평화롭게 느껴졌던 새벽 시간의 광화문대로가 이날만큼은 초라하고 휑해 보였다. 남자친구가 데리러 와 주지 않았다면 아마 혼자서 처량하게 눈물 한 방울 떨어뜨렸을지도 모른다. 차에 올라 창밖을 내다보면서 마지막 퇴근길을 조용히 슬퍼했다. 입사할 땐 수십 가지 조건을 충족시키고 수백, 수천의 경쟁자를 제쳐야 했는데 나오는 것은 너무나도 쉽고 간단했다. 이곳에서 일했던 시간만큼 화가 났고 좋아했던 사람들 수만큼 슬펐으며 올해의 남은 날만큼 절망적이었다. 이제 해가 떠오르면 사람들은 설레는 마음으로 새해 첫날을 맞겠지. 나는 그 해를 바라보며 백수로서의 첫날을 실감하게 될 테고. 뭐라 이름

붙이기도 어려운 여러 감정이 질서 없이 쏟아져 나오는 와중에 한 가지, 앞으로 웬만하면 광화문 쪽은 다시는 오지 않기로 확실하게 다짐했다.

마음이 복잡할 때 사람들은 저마다의 방식으로 자신을 위로한다. 산책을 하거나 음악을 듣거나 벽에 대고 소리를 질러보거나. 나의 경우 학창 시절부터 '멘붕'이 오면 늘 음식을 찾는다. 맛있는 음식을 배불리 먹고 나면 뇌에 있던 혈액이 배로 쏠려 잠도 잘 오고, 생각도 덜 하게 되는 듯한 느낌이 들었다. 특히 이날은 인생에서 손에 꼽을 만한 무너짐의 순간이었으므로, 아주 아주 맛있고 따뜻한 음식이 필요했다. 조금 고민을 하다가 연희동에 있는 24시간 순댓국집에 들어갔다. 차가운 바깥 공기로부터 도망치듯 식당 안으로 뛰어 들어가자 코끝이 찡하도록 뜨끈한 김이 느껴졌다. 구수한 순댓국 냄새만으로도 꽁꽁 얼어 잔뜩 수축한 몸이 조금 풀어지는 기분이 들었다. 구석 쪽에 자리를 잡고, 허기진 기분을 달래기 위해 재빨리 순댓국 두 그릇을 주문했다. 뽀얀 국물과 오동통한 순대가 묵직한 뚝배기에 담겨 나왔다.

어릴 때는 순댓국 같은 음식은 쳐다보지도 않았다. 뜨겁기만 하고 무슨 맛으로 먹는지 도통 알 수가 없었다. 김이 펄펄 나는 국물을 들이켜며 연신 '시원하다!'고 외치는 어른들도 이해할 수가 없었다. 하지만 그날 새벽에 먹은 순댓국은 정말로 시원했다. 뜨거운 국물이 목구멍을 타고 뱃속으로 들어갈 때 왠지 속은 더 시원하게 깨어나는 느낌, 이게 어른들이 말씀하시던 그 시원함이구나! 그렇게 땀을 흘리면서 그릇째 들고 마지막 남은 국물까지 마셔버렸다. 분노와 슬픔으로 뒤범벅이 되어 굳어진 돌덩어리가 뜨끈한 순댓국 국물을 만나 녹아내리는 듯했다. 밥알 한 톨 남지 않은 텅 빈 사발을 보면서 이제서야 끝이라는 게 실감이 났다. 차라리 시원했다. 그동안 얼마나 조마조마했던가. 걱정에 절어 쪼그라들어 있던 나의 간에도 뜨거운 국물을 확 들이붓고 나니 지긋지긋한 불안함이 싹 닦이는 기분이 들었다. 이 정도면 '순댓국 정화 효과'라 불러도 될 정도다.

마지막과 시작이라는 단어가 모두 어울렸던 그해 첫날, 시원하게 순댓국을 들이켜며 뜨겁게 다짐했다. 이 경험이 어떤 일의 끝이 아니라 시작으로 기억되게 하자고. 오늘부로 나의 아나운서로서의 커리어가 끝났다기보다는, 이제부터 새로운 모습의 삶이 시작되었다는 의미로 받아들이자고. 순댓국이 뜨거우면서 동시에 시원할 수 있는 것처럼, 이 경험도 아픔인 동시에 새로운 기회가 될 수 있을 것이다. 나에게 이 정도의 상처를 남긴 사건이라면 반드시 그 상처의 크기보다 더 큰 원동력을 만들어줘야 마땅하지 않겠는가. 억울한 일을 당했다고 주저앉아 더 억울한 미래가 찾아오게 하는 것은 정말이지 너무나 억울할 테니까. 훗날 누군가 '당신이 새로운 도전에 성공할 수 있었던 계기가 무엇인가요?'하고 묻는다면 나는 꼭 '2017년 1월 1일 회사에서 나온 거요'라고 대답하리라.

아보카도 샐러드도, 파스타도 맛있지만
마음이 지쳤을 땐 꼭 '밥심'에 기대게 됩니다.

때로는 잠시 도망쳐도 괜찮아요.
잠깐 생각을 멈추어도 괜찮아요.
계획을 세우지 않고
정처 없이 돌아다니다가
뜻밖의 선물 같은 곳들을
발견하기도 하니까요.

## 혹부리 여인

열렬히 연애하다가 이별했을 때, 열심히 일하다가 해고됐을 때. 두 상황 사이에는 공통점이 존재한다. 갑자기 찾아온 빈 공간과 시간이 낯설어진다는 것. 늘 함께하던 연인의 자리, 매일 출근하던 내 사무실 책상 자리가 텅 비게 되고 거기서 보내던 시간도 붕 뜨게 된다. 허전함이라고 해야 할까, 해방감이라고 해야 할까. 어쩌면 두 감정은 한 끗 차이일지 모른다. 이별하고 나서 느끼는 감정에 대한 노래 가사 중에 이런 부분이 있다. '새벽에 야식해도 되고 밤새 친구들과 당구 치고 속 시원하게 방귀 뀌고!' 내 경험상 이 가사는 연인과 헤어졌을 때뿐만 아니라 회사에서 잘린 후에 들어도 공감이 된다. 썩 유쾌하지만은 않지만 매일 치러내던 출근 전쟁이 사라지는 것만으로도 당장은 홀가분하다.

백수가 된 첫날, 눈을 뜨자마자 피식, 허무하고 싱거운 쓴웃음이 새어 나왔다. 공기가 가볍게 느껴졌다. 늘 불안에 짓눌려 무거웠던 마음이 차라리 편안해졌다. 매를 맞고 나면 적어도 매를 맞기 전에 느끼던 공포심은 없어지는 것처럼. 매 맞는 것보다 더 아픈 일을 겪어낸 스스로를 위로하기 위해 느지막이 일어나 가장 좋아하는 배달 음식을 시켜 먹었다. 다 먹은 그릇을 대충 치운 후 세수도 하지 않은 채로 다시 침대로 파고들었다. 이제에 뭐얼 하아지이? 마음이 느긋해진 데다 배까지 불러 생각도 느려지는 것만 같았다. 사리 분별이 가능한 나이가 되고부터는 한 번도 해본 적 없는 '하루종일 아무 생각 없이 뒹굴거리기'를 시작하려니 괜히 두근거리기도, 막막하기도 했다.

전성이 게으른데도 욕심이 많아 참 부지런히 움직여왔다. 학생 시절 내내 좋은 점수를 유지하기 위해 열심히 공부하는 것이 습관처럼 몸에 배어 있었다. 대학 시절에는 성적 관리를 하면서 동아리 활동도 하고 연애도 하고, 거기에 아나운서 시험 준비까지 병행하느라 캠퍼스에서도 늘 이리저리 분주하게 뛰어다녔던 기억뿐이다. 학벌이나 학점보다 '어린 나이'가 스펙이 되는 아나운서 시험에 한 살이라도 어릴 때 응시하기 위해 이중 전공을 하면서도 4년 안에 졸업을 했다. 그렇게 졸업하자마자 방송 일을 시작해 서른이 넘도록 여태껏 한 번도 일을 쉰 적이 없었다. 항상 할 일이 쌓여 있던 터라 아무 생각 없이 시간을 무의미하게 써본 기억이 거의 없다. 그러다 처음으로 잠깐 멈출 기회가 찾아온 것이다. 내가 원하는 시기와 방식은 아니지만 어쨌든 한창 바쁘던 젊은 날을 살던 도중에 강제로 여유가 주어졌다.

무엇을 하면서 이 갑작스러운 휴식 기간을 채워야 할까. 그동안 '시간만 좀 더 많았다면', '체력만 좀 더 좋았으면' 하고 조건을 붙이며 미뤄뒀던 일들이 막상 이 상황이 되고 보니 잘 생각이 나질 않았다. 평소에는 그토록 아쉬웠던 시간과 에너지가 이렇게 원치 않게 갑자기 남아돌게 되면 그것은 보물이 아니라 혹처럼 느껴진다. 없느니만 못하고, 갖고 있으면 그저 불안과 불편함만 주는 혹 덩어리. 혹부리 영감처럼 도깨비를 찾아가 좀 떼어 달라고 할 수도 없는 보이지 않는 혹이다. 쉬고 있으면서도 어딘지 모르게 불안함을 떨쳐낼 수 없는 이 기분을 십여 년 전에도 느껴본 적이 있다.

수능이 끝난 뒤 대학교 입학 전까지의 그 황금 같은 시기, 가장 신났어야 할 그때에도 나는 지금과 비슷한 마음의 짐을 갖고 있었다. 갑자기 남는 시간과 이 시기에 무엇을 해야 할지 알 수 없는 혼란스러움. 십 년이 넘는 시간을 대학이라는 하나의 목표만 보고 달려왔기 때문에 그걸 이루고 나니 갑자기 삶의 목표가 사라진 기분이 들었다. 수능 이후에는 어떻게 살아야 하는지 어디에서도 배우지 못했기 때문에 급격하게 여유로워진 일상이 당황스럽기만 했다. 늘 다섯 개의 보기 중 하나의 정답을 골라오던 모범생에게 아무것도 쓰여있지 않은 백지가 주어진 셈이다. 문제와 보기가 있으면 그 중에서 정답을 찾는 건 잘할 수 있는데, 대체 빈 종이는 어디에서부터 어떻게 채워야 하는 건지 알 수가 없었다. 아무것도 하지 않아도 되는 시간을 가져본 적이 없었기에 아무것도 하지 않는 건 어떻게 하는 건지 몰랐던 것이다. 결국 나는 전공 과목을 미리 공부하면서 그 시기를 보냈다.

하고 싶은 건 많고 젊은 날은 한정되어 있기에 시간을 의미 없이 흘려보내면 안된다고 생각했다. 생각 없이 늘어져 있으면 그 시간만큼 죄책감을 느끼기도 했다. 하지만 이번에는 한번 정말로 쉬어 보고 싶다. 아무 것도 안 하고 아무 생각도 안 해 보고 싶다. 너무 많이 지치고 다쳤다. 다시 일어나 잘 달리기 위해서라도, 이번만큼은 넋 놓고 쉬면서도 조바심이나 불안함을 느끼지 않는 법을 터득했으면 한다. 매일 무언가를 하고 있지 않아도 되고, 아무 계획 없이 잠시 쉬어도 괜찮다는 걸 경험해보고 싶다. 잠시 백수 기간을 갖는다고 해서 결코 창피하거나 못난 게 아니라고 반복해서 되새겼다. 신세 한탄을 하거나 자기연민에 빠지지 않고 이 시간을 보너스 월급, 포상휴가처럼 기꺼이 맞이할 수 있기를. 무

엇보다, 혹처럼 쓸 데 없다고 생각했던 이 쉼이 결코 의미 없는 시
간이 아니었다는 걸 미래의 내가 알아주기를 바란다.


'혹부리 영감'이라는 동화는

어릴 땐 참 재미있다고 생각했지만

어른 버전으로 리메이크한다면

손에 땀을 쥐는 공포 스릴러가 될 것 같아요!

"당신 같은 사람이 대체 나에게 왜 이러는 거예요!!" 재벌가의 남자가 한 가난한 여자에게 계속 구애를 한다. 남자의 주변에는 똑똑하고 돈도 많은, 소위 잘나가는 사람들이 많지만 정작 그가 매달리고 있는 사람은 특별할 것 없어 보이는 여자다. 고백을 받은 여자는 이 상황을 이해할 수가 없다. 이런 그녀의 선택을 받기 위해 남자는 왜 꼭 그녀여야만 하는지 설득력 있게 어필을 해야 한다. 진부한 90년대 드라마에서나 보던 스토리다. 현실에서는 이런 일이 자주 일어나지 않는다. 하지만 2017년의 나에게 이런 일이 일어났다. 내가 구애를 하는 입장이다. 물론 나는 재벌도 아니고 이미 남자 친구도 있지만 드라마 속 그 남자만큼이나 간절하게 한 회사를 향해 구애를 했다.

전에 다니던 회사들과 비교하면 이름이 알려져 있지도, 보수가 많지도 않은 그저 그런 곳이다. "대체 여길 왜 지원하신 겁니까?" 새롭게 지원하는 회사마다 같은 질문을 여러 번 받았다. 사실 어느 회사든 면접에서 지원 동기를 묻는 건 일반적이고 당연하다. 하지만 이 질문 앞에 '대체'라는 말이 붙으면 파악하고자 하는 바가 전혀 달라진다. '이 스펙과 경력을 가지고 우리 회사에 지원할 수밖에 없었던 피치 못할 사정이 무엇인가'라는 의미이다. 드라마가 아니라 현실이기 때문에, 묻는 자도 대답하는 자도 이것이 일반적인 상황이 아니라는 걸 알고 있다. 어찌 된 일인지 경력이 쌓일수록 취직하기가 더 어렵다.

방송 시장에서 '프라임 타임'이라고 하면 광고비가 비싼 주요 방송 시간대를 의미한다. 높은 시청률을 자랑하는 프로그램 전후로 광고를 내보내려면 큰 액수를 지불해야 하기 때문에, 자본이 탄탄한 대기업이 이 시간대 광고 자리를 차지하는 경우가 많다. 아나운서 시험에서도 합격률이 가장 높은 '프라임 연령대'가 존재한다. 이 시장에서는 아무리 실력이 좋고 경력이 탄탄해도 나이대가 맞지 않으면 최종 합격 자리를 차지하기 어렵다. 신입 아나운서, 특히 여성 아나운서는 주로 20대 중반을 넘기기 전에 합격하는 경우가 많고 심지어 그 나이대가 점점 더 어려지고 있다. 20대 내내 좀 더 좋은 회사에 가기 위한 경력을 쌓아왔는데, 30대가 되니 오히려 나이와 경력이 너무 많다는 이유로 경쟁력이 떨어지는 아이러니한 상황. 더 많은 경력과 노하우를 갖게 되었더라도 '프라임 나이대'에서 벗어나면 찾는 곳이 급격히 줄어든다는 사실이 참 씁쓸했다. 이제 면접장에서 그 흔하디흔한 지원동기에 대한 질문도 결코 평범한 형태로 받을 수 없는 처지가 되어 버렸으니 말이다.

'프라임 나이대'를 벗어나도 지원할 수 있는 방송사와, 스스로의 '프라이드'(pride)를 해치지 않는 선에서 지원해볼 만한 회사의 교집합을 찾으니 선택지가 거의 남아있지 않았다. 그렇게 추리고 추려내 입사지원서를 낸 회사에서도 '어서 오세요'보다는 '여길 왜 오셨어요…?'라는 눈길을 받기 일쑤였지만. 사랑을 쟁취하고자 했던 재벌 2세 남자가 한 여자에게 선택받기 위해 심금을 울리는 아름다운 말들을 쏟아냈다면, 일자리를 쟁취하고자 하는 '오버 스펙'의 30대 여성은 면접관에게 선택받기 위해 그럴듯한 거짓말을 만들어내야 했다. 서로의 속내를 뻔히 아는 상황에서 나에게는 얼마나 세련되게 속이는 지가, 그들에겐 얼마나 우아하게 속아 주는지가 관건이었다. 내가 지원한 곳은 한 대기업 사내방송팀이었는데, 전 국민이 보는 티비 방송과 사내방송 일 사이의 괴리를 극복할 수 있겠냐는 질문을 받았다. "보도 채널은 시청률이 높아 봐야 고작 1-2퍼센트 정도입니다. 하지만 이 곳에서 방송을 한다면 사내 시청률은 100퍼센트가 아니겠습니까."

지금 생각하면 조금 가증스럽긴 하지만 충분히 센스 있는 거짓말이었고, 다행히 면접관들도 기쁜 마음으로 속아 주셨다. 20

대에는 시험장에서 어떻게 스스로를 어필할 수 있는지가 관건이었다면, 30대가 되고 나서는 이런 식으로 얼마나 매끄럽게 스스로의 처지에 대해 변명할 수 있는지가 중요했다. 대체 무얼 그렇게 잘못했기에 면접 한번을 보려면 수많은 변명을 준비해야 하는 걸까. 한 자리에서 꾸준히 경력을 쌓아왔고 시간이 흘러 나이가 조금 많아진 것 외에는 예나 지금이나 크게 달라진 것이 없는데 말이다. 나이가 들어간다는 것은 그 자체로 긍정적이거나 부정적이라고 단정 지을 수 없지만, 우리나라에서 일하고자 하는 여성에게는 부정적인 것에 가깝다. 아나운서 업계뿐만 아니라 사회 전체가 어린 여성에게 집착하는 듯하다. 약 보름간 두 군데 회사의 면접을 보면서 여성으로서, 또 여성 아나운서로서 지금의 나는 20대의 나와 처지가 많이 달라졌다는 사실을 뼈저리게 깨달았다.

뉴스 진행은 경험과 노하우를 필요로 하는 일이지, 예쁜 얼굴이나 어린 나이가 중요한 요소가 되는 분야가 아니다. 그런데도 유독 우리나라의 여성 아나운서들에게는 경력이나 실력보다는 어린 나이가 중요한 선발 기준 중 하나로 작용한다. 다른 나라 뉴스를 보면 40대 정도는 되어 보이는 여성 앵커도 메인 자리에서 진행을 맡곤 한다. 우리나라 뉴스에서 나이 지긋한 여성 앵커의 모습을 자주 찾아볼 수 있게 되려면 시간이 더 많이 지나야 할 듯하다. 여성의 나이와 경력에 있어서 너무 많으면 좋지 않다는 '과유불급'의 개념이 아니라, '다다익선'의 원리가 통하는 업계가 되었으면 한다. 안경을 쓴 눈가에 주름이 선명하게 보이는 여성 앵커가 진행하는 뉴스. 언젠가 꼭 한번 보고 싶다.

드라마 '파리의 연인'에서
남주가 여주에게 '애기야 가자!'라고
외치던 장면을 잊을 수가 없어요.
드라마에선 20대 중후반의 여성도
'애기'가 되네요…!

처음 교복을 입었을 때가 생각난다. 체크무늬 치마에 남색 재킷을 입고 등교하면서 '이제 난 중학생이야!'라고 누구에게라도 자랑하고 싶었다. 고등학교에 들어가 처음으로 '야자'(야간 자율학습)를 하던 날에는 밤 열 시까지 친구들과 학교에 남아있다는 사실에 들떠 수련회라도 온 것처럼 신기하고 설렜다. 대학교에 들어가 첫 연애를 시작했을 때, 방송사에 입사해 첫 방송을 했을 때, 그리고 첫 월급을 탔을 때. 첫사랑, 첫 키스를 비롯해 어떤 단어든 '첫'이라는 관형사가 붙으면 좀 더 특별하고 소중하게 느껴진다. 인생의 모든 첫 경험은 짜릿하고 강렬하기 마련이니까. 하지만 만남과 헤어짐이 반복되고 퇴사와 이직이 익숙해지면, 더이상 '첫 느낌' 따위는 느끼기가 어렵다. 1월 1일에 이전 회사에서 마지막 방송을 하고 2월 6일부터 새로운 회사로 출근하기 시작했다. 방송국이 아닌 일터는 이번이 처음이다. 간절히 원했던 곳도 아니었고, 처음 해보는 '첫 출근'도 아니었기에 더이상 설레거나 떨리지는 않았다.

하루, 이틀, 일주일, 한 달째. 예상했던 것보다도 더 재미가
없었다. 모든 팀원이 '필참'해야 하는 회식 분위기, 이메일로 소통
하는 것까지 모든 것이 다 적응하기 어려웠다. 방송사에서는 각
자의 방송 시간대가 모두 다르기 때문에 모든 팀원이 참석하는
회식은 애초에 불가능하다. 또 생방송 현장에서는 1분 1초가 급
하기 때문에 이메일은 커녕 사전 예고도 없이 많은 것들이 현장
에서 바로 변경되고 결정된다. 고작 한 달 만에 달라도 너무 다
른 환경에서 일하게 된 나는 마치 이방인, 아니 외계인이라도 된
기분이었다. 어느 것 하나 쉽거나 재밌거나 자연스러운 것이 없
었다. 몇백, 몇천 명의 직원들이 숨쉬듯 당연하게 받아들이는 모
든 것이 나에게는 하나부터 열까지 다 생소하고 이상하기만 했다.
'나는 누구? 여긴 어디?'라는 생각만 들 뿐이었다. 무엇보다, 말로
만 듣던 '에잇 투 식스' 근무는 정말이지 죽을 맛이었다. 생방송이
끝나자마자 시간에 베일 듯 정확하게 칼퇴근을 하던 습관이 있던
지라, 할 일이 없는데도 사무실에 앉아서 시계만 쳐다보는 것은
거의 고문에 가까웠다. 특히 퇴근 시간 십 분 전부터 가만히 분침
을 바라보자면, 분침이 거의 움직이지 않는 듯한 착각과 함께 세
상에서 가장 긴 십 분을 경험할 수 있었다.

하지만 이런 것들은 시간이 지나면 그래도 적응할 수 있는

것들이었다. '꼰대'일 거라 생각했던 상사분들은 의외로 젊은 감각
이 넘치는 유머러스한 분들이셨고, 이메일로 소통하는 건 알고 보
니 모든 사람과 직접 부딪히지 않아도 된다는 점에서 매우 편리
한 방식이었다. 매일 일정한 시간에 출퇴근을 하니 다른 스케줄
을 짤 때 굉장히 편했고, 할 일이 없을 땐 미드를 보거나 몰래 사
무실 밖으로 탈출해 시간을 때우는 나름의 요령도 생겼다. 단 한
가지 시간이 흘러도 절대 극복할 수 없는 것이 있었는데, 그건 바
로 힘과 열정이 남아도는 느낌. 하고 싶고, 할 수 있는 일에 비해
현재 나에게 주어진 일의 스케일이 너무 작다는 데서 비롯된 것
이었다. 매일 생방송 뉴스를 몇 시간씩 진행하다가, 이제는 일주
일에 한 번 몇 분 분량의 간단한 소식을 녹화하면서 지냈다. 문득
'그 괴리를 극복하실 수 있겠냐'던 면접관의 질문이 떠올랐다. 그
가 예상했던 대로, 아니 생각보다 훨씬 더 그 괴리는 크게 다가왔
다.

가로, 세로, 높이가 각각 10㎝인 정육면체 형태의 통에는 딱
1ℓ의 물이 들어간다. 그보다 많은 양의 물을 넣으면 넘쳐 버린다.
플라스틱 통이라면 이렇게 정해진 크기에 정해진 양만큼의 물만
들어가겠지만, 사람은 조금 다르다. 타고난 재능, 열정, 노력이 각
각 10만큼이었던 사람이라도 1ℓ어치보다 더 가슴 뛰는 일들이 쏟
아져 들어오면 어떻게든 자기 그릇의 크기를 늘려 감당해 낸다.

반대로 의미 없는 일, 비전이 없는 일이라고 느껴지면 적은 양도 담아내지 못하는 그릇으로 줄어들어 버린다. 모든 사람이 그러하다고 장담할 순 없지만, 적어도 나는 그런 사람이다. 그동안 해 오던 일의 무게와 양에 비해 현저히 적은 부담을 주는 임무를 맡게 되면서 스스로가 점점 작아지는 기분이 들었다. 더이상 그만큼의 노력도, 열정도 필요하지 않았고 심지어 원래 가지고 있던 재능마저 퇴화하는 것만 같았다.

'대기업은 너 같은 사람을 필요로 하지 않고, 너 역시 대기업 커리어 따위는 필요하지 않은 사람이야.' 대기업에서 30년을 근무하셨던 아빠가 했던 말씀이다. 지나친 일반화의 오류일 수도 있겠지만 내가 느끼기에 기업은 가로세로와 높이가 규격화되어 정해진 일을 정확히 처리할 수 있는 사람을 원하는 곳이다. 나처럼 상황에 따라 열정과 능력치의 가로 세로 높이가 쭉쭉 늘었다 줄었다 하는 사람과는 맞지 않는 일터다. 나에게 주는 의미와 가치가 큰 새로운 과제를 어디서 어떻게 찾아야 할까. 다시 열정과 노력을 기꺼이 쏟아 부을 수 있을만한 일을 만날 수 있을까?

「일의 가치와 의미가 커질수록

'재능 X 열정 X 노력'의 양이 증가한다」

이 간단하지만 심오한 '일의 법칙'이

중학교 때 배운 이론이나 과학 법칙들보다

우리의 삶에선 훨씬 더 중요하지 않을까요?

조카와 놀아주다가 요즘 나오는 레고 장난감을 보고 놀란 적이 있다. 어쩜 이렇게 디테일하고 다양한 부품이 많을까! 내가 어린 시절 가지고 놀던 레고는 두 칸, 세 칸, 다섯 칸짜리 블록과 민머리의 사람 모형이 대부분이었다. 반면 조카의 레고에는 섬세하게 모양이 잡힌 꽃과 여러 색깔의 지붕, 기차선로까지 있었고 사람 모형도 제각각 다양한 피부색, 헤어스타일, 표정을 갖고 있었다. 이런 재료들이라면 정말이지 그 무엇이라도 레고로 뚝딱 만들어낼 수 있을 것만 같았다.

나는 레고 놀이를 할 때 어른이 되면 살 집을 상상하면서 만들어보는 걸 좋아했다. 나름대로 열심히 이런저런 블록을 써서 만들었건만, 만들 때마다 항상 뭔가 부족하고 횅해 보였다. 화분도 놓고 싶고, 집 앞에 자동차도 한 대 세워놓고 싶은데 그런 모양의 블록이 없었기 때문이다. 사람 사는 집이 아니라 아직 아무도 이사를 오지 않은 원룸 같았다. 하지만 이제는 귀여운 레고 꽃을 놓을 수도 있고, 아기자기한 지붕을 세울 수도 있다. 게다가 차고도 하나 만들어 조그마한 자동차까지 주차해 놓을 수 있다. 내몸이 작아지기만 한다면 정말 들어가 살고 싶을 만한 주택 모형을 완벽에 가깝게 구현해낼 수 있게 된 것이다. 레고 속 세상에서는 블록이 다양하면 할수록 만들 수 있는 공간이 더욱 확장되고더욱 정교해진다.

내가 사는 세상도 가진 재료가 풍부해야 더 풍성한 삶을 구성할 수 있다는 점에서 레고 세상과 크게 다르지 않다. 가슴에 남는 경험을 한 가지씩 할 때마다 마치 새로운 레고 블록을 하나씩 얻는 것처럼 삶의 지평이 확장된다. 내 가슴 속에 남아있는 가장 오래된 경험 중 하나는 어릴 적 엄마가 커다란 전축에 마이크를 연결하고는 그걸 내 손에 쥐어 주셨던 기억이다. 나는 하루 종일 그 마이크에 대고 노래도 부르고, 하고 싶은 이야기도 마음껏했다. 아직 말도 제대로 하지 못하는 아기였던 동생에게 마이크를 갖다 대며 인터뷰를 시도하기도 했다. 그렇게 마이크를 친한 친구처럼 여기게 된 덕분에 학교에 입학해서도 줄곧 동요 부르기 대회나 웅변, 연극대회 등에 나가 상을 받곤 했다. 이런 작고 소중한 경험들이 쌓이고 쌓여, 나는 커서 텔레비전에 나오는 아나운서가되었다.

하지만 이제는 아나운서로서의 커리어를 마무리할 시점이다.

삶을 새롭게 재조립할 블록들이 필요해졌다. 새로운 에너지를 불어넣어 줄 경험 없이는 도저히 새로운 삶을 만들 수가 없을 것 같았다. 그 무렵에는 앞으로 살아갈 삶에 대한 동력이 부족하다는 느낌과 동시에, 이전 회사에서 억울하게 잘렸다는 분노의 감정까지 겹쳐 마음이 불안정한 상태였다. 불안과 억울함으로 가득 차 어디로 튈지 모르는 상태였던 나는 이왕 튈 거면 바다 건너 멀리 튕겨 나가 보기로 마음 먹었다. 그곳이 어디가 됐든, 새로운 곳에 가야만 나에게 중요한 무언가를 찾을 수 있을 것 같았다. 그 '무언가'가 무엇인지 알지도 못하는 상태였지만, 아무튼 내 인생에 새로운 레고 블록이 되어 줄 생소한 경험을 하려면 서울에서 최대한 멀리 떨어진 곳이어야 한다는 확신이 들었다. 그렇게 나는 한 달에 한 번씩 혼자서 '인생 레고블록'을 모으는 여행을 다니기 시작했다.

홍콩에서는 혼자 하는 여행의 즐거움을 깨달았다. 바르셀로나에서는 모두가 마음껏 자유로워 보이는 모습에 반했다. 코타키나발루에서는 사람들의 친절함과 여유에 그동안 굳어있던 마음이 녹아내렸고 마카오에서는 외로움이라는 감정에 대해 생각했다. 여러 세상을 여행하면서 내 세상을 구성하던 재료들과 형태도, 질감도 전혀 다른 새로운 블록들이 마음속에 쌓여가는 게 느껴졌다. 새로운 문화를 가진 새로운 나라에서 새로운 언어와 화폐를 사용하며 하는 여행은 스스로를 새삼스럽고 생생하게 바라보게 만들었다. 마치 나 자신을 리얼 예능 프로그램을 통해 시청하는 기분이 들었달까. 신기한 건 배경이 바뀌면 그에 따라 나의 캐릭터도 바뀌는 듯한 느낌이 든다는 점이었다. 낯선 여행지로 떠나올 때마다 '나한테 이런 면이 있네?'라는 생각을 매번 반복했다.

늘 같은 공간에서 같은 일상을 살면 자기 자신조차 스스로를 고정된 틀로 바라볼 수밖에 없다. 내 안에 어떤 가능성과 잠재력이 있는지 새롭게 발견할 기회가 자주 없기 때문이다. 여러 번의 여행을 하면서 외부의 새로운 경험도 신선한 자극을 줬지만 무엇보다 내 안에서 새롭게 발견하는 모습들이 가장 의미 있는 수확이었다고 생각한다. 지금껏 나를 만들어 온 경험에 새로운 경험이 얹혀져 나 자신도 몰랐던 나의 다양한 모습들을 깊이 있게 더 알아가는 과정이 되었다. 일자로 뻗은 블록들뿐이었던 내 세상에, 꽃도, 지붕도 놓여가는 순간들이었다. 때로는 우리 모두가 현실의 속박과 굴레를 벗어던지고 여러 모양의 레고블록을 찾으러 훌쩍 떠날 필요가 있다.

미국 해변에서 카약을 타는 김정과
발리에서 래프팅을 하는 김정,
그리고 베르사유 정원에서 보트를 타는 김정은
모두 같은 사람이지만 너무도 달라요.

새로 입사한 회사에서 첫 월급을 타자마자 홍콩 행 비행기 티켓을 샀다. 주말과 공휴일, 월차를 연달아 붙이면 나흘 정도는 매달 거뜬히 확보할 수 있었다. 그동안 휴가라고는 일 년에 한 번 주어지는 일주일의 여름 휴가가 전부였던 방송국 생활에 비하면 이 모든 게 엄청난 혜택처럼 느껴졌다. 비행기로 서너 시간 안에 갈 수 있는 거리에 있으면서 비교적 저렴하게 티켓을 구할 수 있는 곳들을 추려보니 그중 홍콩이 가장 눈에 들어왔다. 합리적인  선 안에서 여행지를 정하긴 했지만, 막상 비행기 표를 사고 나니 살짝 두려운 마음도 들었다. 여행지가 홍콩이라는 점 때문이었다.

5년 전 뉴스 앵커 합격 통보를 받고 입사 직전 다녀왔던 여행지가 바로 홍콩이었다. 그때의 홍콩은 설렘 그 자체였다. 그 즈음의 모든 것이 다 꿈만 같았다. 하늘의 별 따기라는 언론사 시험에서 이천 명 가량의 경쟁자를 제치고 앵커 자리를 차지했다! 그토록 꿈꾸던 일이 현실이 되었으니, 꿈이 현실인지 현실이 꿈인지 분간이 안 갈 만도 했다. 그리고 공교롭게도 시간이 흘러 퇴사를 하고 처음 떠나는 여행지가 홍콩이 된 것이다. 애인과 헤어진 후 그 사람을 잊기 위해 여행을 떠났는데, 하필 애인과 함께 갔던 첫 여행지로 떠나게 된 꼴이다. 괜히 착잡한 마음이 들어 여행을 망치지는 않을지 떠나기 전부터 걱정이 앞섰다.

좀 더 저렴한 티켓값을 위해, 그리고 여행지에서 보내는 시간을 조금이라도 더 확보하기 위해 새벽 두 시 비행기를 탔다. 분명 코끝에 찬 바람을 달고 비행기에 탔는데, 내릴 때쯤엔 살짝 땀이 맺혀 있었다. 내리자마자 두툼한 점퍼와 스웨터를 벗어 캐리어에 꾹꾹 접어 넣고 반팔과 반바지로 갈아입었다. 서울에서의 흔적을 훌훌 털어내고 가벼운 마음으로 공항을 종총총 빠져나왔다. 시내로 가는 이층 버스가 눈에 띄었다. 대중교통 요금으로 시내투어버스를 타는 기분을 낼 수 있어 가성비와 가심비가 좋은 교통 수단이다. 옆에 누가 있었더라면 '야, 이층 버스다!' 하면서 어깨를 톡톡 치며 호들갑을 떨었겠지만, 지금은 같이 온 사람이 없을 뿐만 아니라 새벽 시간이라 아예 주변에 사람 자체가 없었다. 내적 환호를 내지르며 버스의 이층 맨 앞자리로 갔다. 이 자리에 앉아 대형 창문으로 바깥을 내다보고 있으면 마치 들썩들썩 흔들리는 의자에 앉아 4D 영화를 보는 기분이 든다. 다리를 건너갈 땐 묘한 긴장감과 스릴까지 느낄 수 있다.

가만. 착잡한 마음이 들까 봐, 쓸데없는 감상에 젖을까 봐 걱정이라는 걸 했었던가. 막상 도착하고 보니 그런 기분 따위를 느낄 새가 없다. 여행은 아직 시작도 안 했는데 이층 버스만 보고도 이렇게 들떠 버렸으니 말이다. 아직 전 회사에서 그렇게 무자비한 방식으로 잘린 것에 대한 상처가 생생하게 깊을 때, 이곳 홍콩으로 여행을 오기로 한 건 참 잘한 일이었다. 나는 생각을 좀 멈출 필요가 있었다. 눈을 떠서 감을 때까지 '그들은 대체 왜 그랬을까'에 대해 생각했다. 왜 고작 일주일을 앞두고 통보를 해 주었을까. 애초에 나를 왜 자르기로 한 걸까. 그럴 만한 이유를 요만큼이라도 내가 제공한 것이 있었던가. 자꾸 아무짝에도 쓸모 없는 지난 회사 생활 복기를 해대고 있었다. 생각해도 답이 나오지 않는, 생각할수록 억울하기만 한, 생산성이 0에 수렴하는 그야말로 '잡념'이었다.

홍콩은 그런 잡념을 멈추게 하기에 충분했다. 그 방식이 예상한 것과 조금 다르긴 했지만 말이다. 이 도시는 정신을 차분하고 깨끗이 정리하게 하기보다는, 더 정신 없게 만들어 생각을 마비시켜 버렸다. 낮에는 낮대로 시끌벅적했고, 밤은 밤대로 삐까뻔쩍했다. 어느 골목을 가도 길이 비슷비슷해 보였고, 어느 건물에 들어가도 붐비고 정신이 없었다. 밖에 나가면 너무 덥고 습했고 안으로 들어가면 에어컨이 지나치게 서늘했다. 하루에도 몇 번씩 냉탕과 온탕을 드나드는 것처럼 정신이 하나도 없었다. 목욕탕에서 '어푸어푸' 소리를 내며 냉·온탕을 첨벙첨벙 번갈아 드나드는 아주머니들을 보면, 혈액순환이 잘 돼서 그런지 하나같이 혈색이 좋다. 홍콩에서의 나 역시 여행 기간 오랜만에 표정과 혈색이 보기 좋게 변했고, 잠도 잘 잤다.

이리저리 솟은 고층 빌딩 사이 복잡한 도시 한 가운데서만 느껴지는 묘한 안정감이 있다. 완벽히 고립된 건 아니지만 충분히 고독한, 그래서 어디로든 연결될 수 있지만 아무 곳과도 연결되지 않은 느낌. 마음이 복잡할 때 고요한 숲으로 들어가면 차분히 마음을 들여다보며 정리할 수 있지만, 아직 마음을 들여다보지도 못할 만큼 아플 때는 그런 고요함도 두렵기만 하다. 이럴 땐 차라리 마음과 정신에 마취 주사를 맞는 게 더 나았다. 그저 몽롱하고 정신이 없는 상태로 생각을 잠시 마비시키고 극심한 통증이 지나갈 때까지 잠시 기다리는 것이다. 그런 의미에서 이 화려하고 정신없는 습한 도시는 나에게 충분히 아름다운 마취제가 되었다.

그렇게 기분 좋은 몽롱함에 취해 나는 이곳저곳을 정처 없이 마음 놓고 헤맸다. 마취에서 깨어날 때쯤엔 조금이나마 가슴 속 통증이 가라앉아 있기를 바라면서.

도시 이름을 붙여 만드는 브랜드가 많은데
그중 홍콩에 어울리는 아이템이 하나 떠올랐어요.
반짝반짝한 핫핑크 캔에 담긴,
카페인이 듬뿍 든 에너지 음료!

휴양지로 혼자 여행을 떠나겠다고 했을 때 모두가 의아해했다. 가족끼리, 혹은 애인이나 친구들끼리 가는 곳에 혼자 가서 뭘 하겠느냐는 거였다. 사실 남들이 누구랑 오든 상관없었다. 나는 당장 따뜻한 하늘빛의 바다를 보고 싶었다. 홍콩 여행을 다녀온 지 한 달 만에 코타키나발루로 가는 항공편을 예매했다. 이즈음에 떠난 여행에는 계획이랄 것이 전혀 없었다. 그저 인터넷을 검색하다가 마음에 확 와닿는 곳이 있으면 가장 싼 비행기 티켓을 구매한 후 휴가를 내고 바로 떠나는 식이었다. 덕분에 가성비 좋은 숙소를 빠르게 찾아내는 실력도 점점 늘었다. 이번 코타키나발루 여행 동안에는 한국인 부부가 운영하는 민박집에 머물기로 했다. 반딧불이 투어나 섬 투어 같은 여러 가지 프로그램들을 이 민박집을 통해 예약할 수 있다고 하길래, 가벼운 여름옷 몇 벌과 수영복 하나만 달랑 챙겨 그야말로 무계획으로 길을 나섰다.

도착하자마자 섬 투어를 떠나기로 했다. 섬에 들어가기 위해서는 투어를 신청한 여러 사람과 함께 모여 조를 짜서 이동해야 한다고 했다. 이런, 갑자기 조금 김이 빠졌다. 사실 이 무렵 나라 밖으로만 여행을 다닌 이유는 서울에서의 복잡하고 아픈 사정들로부터 잠시 멀어지고 싶어서였다. 한국어가 들리지 않는 곳에서 완벽한 이방인이 되어야만 비로소 온전히 떠나왔다고 느껴지기 마련이다. 하지만 아쉽게도 어떤 투어를 신청하든 한국 사람은 한국 사람끼리 조를 짜 이동하는 경우가 많았다. 선착장에 도착해 보트로 갈아타고 사피섬으로 들어가는 동안, 애써 눈앞의 이국적인 풍경에 집중하려고 해도 귀를 파고드는 또렷한 모국어의 대화들을 차단할 수는 없었다. 말레이시아 코타키나발루 바다 한가운데에서 출근 시간 광화문 한복판을 달리는 버스에 꼼짝없이 갇힌 기분이 들었다.

보트가 섬에 도착하자마자 폴짝 뛰어내려 모래사장으로 달려갔다. 따뜻하고 건조하게 딜궈진 모래가 발가락 시이시이로 기분 좋게 파고들어 왔다. 컴퓨터 모니터 화면으로만 보고 바로 비행기 티켓을 예매하게 만든 하늘빛 바다도 눈앞에 펼쳐졌다. 이 아름다운 섬에 엄청난 수의 관광객이 빼곡히 들어차 있었다. 수영복으로 갈아입고 이곳저곳을 구경하다가 패러세일링을 하는 걸 보았다. 낙하산을 배에 연결해 빠른 속도로 달리면서 공중으로 띄워 올리는 레저 스포츠인데, 바다 위를 공중에 떠 있는 채로 달릴 수 있었다. 가족이나 연인끼리 온 몇몇 사람들과 함께 보트에 올라탔다. 두 사람씩 짝을 지어 차례로 낙하산을 타고 하늘로 올라갔다. 내 차례가 되자 가이드가 물었다. "같이 타 줄까요?" 나는 고개를 저었다. "혼자 타 볼게요!" 그렇게 혼자 낙하산에 몸을 싣고 떠오를 준비를 마쳤다. 보트가 속도를 내기 시작하자, 두 발이 보트에서 차례로 떨어지더니 이윽고 하늘로 솟아올랐다. 두 사람이 탔을 때보다 몸이 가볍기 때문에 내 낙하산은 훨씬 더 빨리, 더 높이 떠올랐다. 방금 전까지 타고 있던 보트가 손톱만 하게 보였다. 드디어, 온전히 혼자 있는 기분이 느껴졌다.

하늘에 떠 있는 채로 보트를 따라 이리저리 날아다니면서, 나는 아래쪽보다는 바다 멀리 시선을 돌리며 풍경을 마음껏 감상했다. 보트에서 들리던 말소리로부터 아득하게 멀어지고, 바람 소리와 내 입에서 터져 나오는 환호성만 가득했다. 가만히 멈춰 있을 때는 뜨거웠던 공기가 달리는 동안에는 아주 시원하게 느껴졌다. '나는 이 순간을 위해서 이곳에 왔구나.' 시끌벅적한 서울을 떠나 말레이시아로 날아왔지만 숲을 가든, 섬을 가든 땅에 발을 붙이고 있는 한 고요한 시간을 만끽하기는 어려웠다. 그러다 비로소 이렇게 하늘로 날아올라 두 발을 공중에서 자유롭게 버둥거리며 그토록 목말랐던 순간을 맞이하게 된 것이다. 땅에 발붙이고 사는 삶을 더 탄탄하게 보내기 위해서는 가끔씩 하늘로 날아오를 필요가 있다. 매일 일상을 보내는 장소로부터 홀로 멀리 떠나오는 것도 좋다. 이렇게 완전히 혼자가 되는 시간들을 통해 나는 마음 속 상처와 짐들을 하나씩 내려놓기 시작했다.

고소공포증이 있는 사람들도
패러세일링은 많이 무서워하지 않으시더라구요.
바다와 하늘 사이에서는
높이보다 넓이가 더 눈에 들어와서 그런가 봅니다.

어느 영화였던가, 드라마였던가. '좋아하는 사람이 생기면 얼굴이 잘 기억이 나질 않는다'는 주인공이 있었다. 어떻게 생겼는지 눈, 코, 입은 잘 떠오르지 않지만 그 느낌과 분위기는 생생하게 되살릴 수 있다고. 나는 그게 어떤 느낌인지 알 것 같다. 정말 좋아하는 사람과 마주 앉으면 그 사람의 생김새를 객관적인 대상으로 놓고 관찰할 새가 없다. 그저 무언가에 홀린 사람처럼 상대의 눈동자를 바라보고 대화를 하다가, 헤어지고 나면 이야기를 나눌 때 설레던 느낌이나 그 사람의 살냄새 같은 것들만 떠오르는 것이다. 아주 좋았던 기억도 마찬가지다. 깊이 몰두했던 행복한 추억들은 시간이 지나면 그때 느꼈던 기분이나 그 순간의 한 장면 정도만 생생하게 기억이 날 뿐, 자세한 상황 따위는 꿈처럼 번지면서 어렴풋해져 버린다. 일기를 쓰거나 사진을 찍어 둔다 해도 그 순간 자체를 온전히 보전하는 건 어렵다. 나중에라도 하나하나 추억하면서 꺼내 볼 수 있도록 기억에 저장하고 싶은데 좀

처럼 그게 잘 되질 않는다. 좋았던 순간을 한 장면도 빼놓지 않고 기억하길 바라는 건 욕심이겠지만, 살다 보면 때로는 한 프레임도 놓치지 않고 저장해 보관하고 싶은 순간이 있기 마련이다.

이런 이유로 나는 카메라와 부쩍 친해졌다. 이제껏 카메라 앞에 서는 일을 해 왔지만 스튜디오 밖에서 이렇게 오랜 시간 카메라와 함께한 건 처음이었다. 특히 여행을 많이 다니기 시작하면서 카메라는 여권처럼 절대 빼놓지 않고 챙겨야 하는 준비물이 되었다. 혼자 다닐 때만 느낄 수 있는 자유로움도 있지만 때로는 혼자라서 느끼는 적적함도 있던 터라, 말수가 적지만 기억력 좋은 여행 친구가 하나 생긴 것처럼 든든했다. 이때부터 어떤 여행에서든 하이라이트가 될 만한 순간들을 적극적으로 영상으로 남겨놓기 시작했다. 여행을 떠나는 횟수가 많아질수록, 메모리카드에는 다양한 순간들이 쌓여갔다. 해 지는 롼콰이펑의 거리, 에펠탑이 반짝이는 순간, 블라디보스토크에서 우연히 마주친 러시아 소녀들과의 사소하지만 즐거웠던 대화까지.

코타키나발루에서 돌아온 지 일주일 만에 이번에는 카메라를 들고 스페인 바르셀로나로 떠났다. 석 달째 연속으로 해외여행을 나오는 바람에 예산을 많이 아껴야 했다. 나는 이 짠 내 나는 여행기를 카메라에 한 장면 한 장면 담기로 했다. 우선 바르셀로나 직행 티켓은 너무 비싸서 파리로 먼저 갔다가 저가 항공편으로 다시 이동했다. 숙소는 작가인 듯한 여자분이 혼자 사는 넓은 아파트의 방 한 칸만 빌려 쓰는 곳으로 저렴하게 예약했다. 식사는 주로 보케리아 시장에서 양이 많고 저렴한 음식들 위주로 골랐고, 간식은 큰 바나나를 한 송이 사서 백팩에 넣어 들고 다니며 배고플 때마다 꺼내 먹는 것으로 해결했다. 버스나 지하철 대신 훨씬 저렴한 자전거를 빌려 이동했고, 미리 찾아 둔 정보를 통해 야경을 공짜로 볼 수 있는 호텔 루프탑을 즐기기도 했다.

영상에 담긴 바르셀로나 여행기에 두 단어로 제목을 붙이자면 '가성비'와 '가심비'이다. 최소 비용을 지불하고 최대의 효용을 추구하며 마음의 만족을 얻는 것. 그것이 이번 여행의 목표였다. 하지만 이건 나의 생각일 뿐이고, 누군가가 보기에 이 여행은 사실 '지지리 궁상' 그 자체였을 수도 있다. 실제로 나의 바르셀로나 여행기를 담은 동영상을 유튜브에 업로드했을 때 달린 댓글 중에는 '뭐 이렇게까지 해서 여행을 가나 ㅉㅉ 불쌍해 보인다'라는 댓글도 있었다. 맞는 말이다. 당장 여행이 간절하지 않은 사람의 눈에는 이런 짠 내 나는 여정이 불쌍해 보였을 수도 있다.

하지만 진짜 불쌍한 지점의 핵심은 다른 데 있었다. 나의 재정 상태보다 더 빈곤했던 건 마음의 상태였다는 것. 그 때문에 나는 '이렇게까지 해서라도' 반복적으로 그리고 주기적으로 서울을 떠나야만 나머지 일상을 살아갈 수 있었다. 작은 반전이 있다면,

누군가에게는 짠 내 나고 불쌍해 보이는 여행이었겠지만 나에게 바르셀로나 여행은 상당히 풍성한 기억으로 남아있다는 점이다. 이건 바로 나의 조용한 여행 메이트, 카메라가 있기에 가능했다. 나는 아직도 그때가 그리워지면 종종 여행 영상을 돌려 보곤 한다. 화면 속의 나는 저렴한 음식을 먹으면서도 진심으로 행복해하고, 하루 종일 자전거를 타고 다니면서도 힘든 줄 몰랐다. 별거 아닌 우연에 즐거워하고, 작은 실수에도 연신 장난스럽고 익살맞게 웃었다. 이런 시간의 조각들이 내 외장하드에 한 가득이다. 이렇게 잘 보존된 아름다운 추억을 어느 누가 돈으로 살 수 있겠는가. 그해 늦봄 바르셀로나 여행에서의 나는 그 어느 때보다 부자였다.

'구엘 공원'은
오전 8시 이전에 입장하면 공짜라고 하길래
새벽부터 폐가 터지도록 달리기를 할 땐
조금, 아주 조금 궁상맞긴 했어요….

　마음에 드는 장식품을 하나 사면 집에서 허전한 공간 한 켠을 찾아 그 방의 주인공처럼 우뚝 세워 놓곤 한다. 장식품 한두 개를 더 갖게 되면 또 다른 자투리 공간에 하나씩 나누어서 놓아둔다. 그러다 점점 더 개수가 많아지면 이제는 이걸 한데 모아 장식장에 진열해두고 싶은 욕구가 생기게 된다. 적잖이 모인 나의 여행 영상들에도 그럴듯한 한쪽의 공간이 필요해졌다. 외장하드에 쌓아 둔 동영상 파일이 하나둘 늘어나면서, 이 추억들을 잘 정리해 보기 좋게 만들어 두고 싶은 욕심이 생겼다. 그동안 찍어 둔 동영상들을 적당한 길이로 편집해서 꾸준히 업로드해 보기로 했다. 사실 이전부터 유튜브에 관심이 있어 채널을 만들어 두고 영상은 올리지 않고 있는 상태였다. 채널 이름은 '김아나의 이중생활'. 이 발칙한 채널명은 친한 언니가 지어줬다. 방송을 하고 있던 때라, 아나운서로서의 나와 티비 밖에서의 내 모습을 적절히 함께 보여주면 어떨까 하는 생각에서였다. 아직은 이중생활은커녕 그 어떠한 생활도 보여주지 못하고 있는 유령 채널이었지만.

유튜브 채널 이름을 정할 때 즈음, 같은 방송사에서 일하던 동갑내기 피디 친구 수철에게 부탁해 기초적인 편집 방법을 배웠다. 기계치인 데다 컴맹에 가까운 내가 편집 프로그램을 배운다는 건, 바이엘도 안 배운 피아노 초보가 베토벤의 작품을 치고 싶어 하는 것이나 다름없었다. 악보를 보며 더듬더듬 한 음씩 쳐 보듯이, 수철을 따라 효과 버튼들을 하나씩 눌러 보았다. 하나의 편집 프로그램에 이렇게 수많은 효과가 있을 수 있다니! 빼곡히 들어차 있는 메뉴들을 보며 약간 가슴이 답답해져 오는 게 느껴졌다. 하지만 주입식 교육에 익숙한 나의 뇌는 여러 가지 효과 버튼의 위치들을 생각보다 금방 외웠다. 친절한 나의 피디 친구는 몇 시간에 걸쳐 영상을 자르고, 이어 붙이고, 자막을 넣고, 배경 음악을 삽입하는 방법 등을 가르쳐 주었다. 이 정도 기능이면 어느 정도 기초적인 영상 편집은 가능하다고 했다. 피아노의 기본기는 턱없이 부실하지만, 악보를 보고 더듬거리며 띵똥땡 건반을 누를 수는 있는 상태와 비슷하게 된 것이다. 나 같은 컴퓨터 부진아에게는 '소소하지만 확실한 기적'이었다.

피아노 문외한이라도 베토벤을 사랑할 수는 있는 것처럼 컴맹도 편집하는 재미에 푹 빠질 수 있다. 편집을 배우고 난 후부터 효과들을 하나씩 적용해보며 여행 영상을 더듬더듬 편집해 보기 시작했다. 온갖 화려하고 감성적인 효과들도 많이 있지만 내게 가장 매력적인 기능은 가장 단순하고 기본이 되는 '자르고 붙이기'였다. 말을 더듬은 부분이나 카메라 초점이 엇나간 부분, 갑자기 큰 소음이 녹음된 부분 같은 건 죄다 '자르기'하고, 내 마음에 드는 아름다운 순간들만 이어서 '붙이기'하면 되었다. 6년 정도를 살 떨리는 생방송만 진행하던 나로서는, 조금 과장하자면 마치 시간을 마음대로 조립하는 조물주라도 된 것 같은 굉장한 쾌감이 들었다.

뉴스(News)는 말 그대로 새로운 소식들이기 때문에 항상 생방송으로만 진행된다. 나의 온갖 크고 작은 실수들이 전파를 타고 그대로 생중계되는 것이다. 심각한 뉴스를 진행하던 중 웃음이 터져 거의 흐느끼는 것처럼 겨우 멘트를 마쳤을 때도, 별거 아닌 내용인데 눈물이 나서 꾸역꾸역 참으며 말했던 것도 죄다 실시간으로 여과 없이 공개됐다. 지금 생각해도 눈을 질끈 감게 될 만큼 창피해서 없애 버리고 싶은 순간들이다. 방송인이라면 누구나 이런 '흑역사' 한두 개쯤 가지고 있을 것이다. 하지만 편집 프로그램이라는 무기가 생긴 순간을 기점으로 더이상 나에게 흑역사란 없었다. 녹화 중 실수를 해도 언제든 재시도가 가능했고, 매끄럽지 않은 모든 순간들은 죄다 '자르기' 버튼 하나면 지워버릴 수 있었다. 언제든 실수를 만회할 수 있고 이미 일어난 일을 삭제할 수도 있다니, 이 얼마나 기적 같은 기능인가!

내 인생에도 이렇게 '자르기' 해버리고 싶은 순간들이 있었다. 사랑하는 남자의 외장하드에서 수백 개의 음란 동영상을 발견하고 큰 충격에 휩싸였던 기억, 사람 많은 공원에서 분위기 잡으며 자전거를 타다가 중심을 놓쳐 와장창 고꾸라졌던 기억, 호감을 갖고 있던 사람과 이야기를 나누다가 나도 모르게 트림을 해 버린 기억…. 이런 순간들을 죄다 잘라서 없애 버리고 나머지 기억들만 이어 붙인다면 어떠한 불순물도 섞이지 않은 순금 같은 인생이 될 텐데. 안타깝게도 인생은 라이브라서 단 한 순간도 편집이 불가능하다. 심지어 뉴스는 한 시간만 실수하지 않도록 집중하면 되지만 일상에서는 매 순간 주의를 기울여도 늘 문제가 발생한다. '자르기' 기능이 없는 삶 속에서의 나는 부족하고, 모자라고, 늘 실수를 저지르는 날것의 '원본 파일' 같은 모습이다. 마음대로 편집하고 심지어 시간 순서도 바꿔버릴 수 있는 영상의 세계를 끊임없이 동경할 수밖에 없는 이유다.

컴퓨터 작업을 할 때
'raw file'이라는 말을 많이 쓰는데
저는 이 단어가 참 이질적이면서도 마음에 들어요.
'생 날것의 파일'이라니!

여행을 다니는 것과 동시에 여행 영상을 만드는 데 재미를 붙이기 시작하면서 더 적극적으로 여러 곳을 돌아다녔다. 마카오, 싱가포르, 블라디보스토크, 가마쿠라, 오사카, 대만, 발리, 스페인 남부 도시들… 비록 한 달에 한 번 휴가를 내고 주말을 껴서 4박 5일 정도의 여행을 다닌 것이었지만, 마음만큼은 365일 내내 이리저리 떠도는 자유로운 무계획자였다. 이 시기에는 여행 일정에만 계획이 없었던 것이 아니라 삶 자체도 전에 없이 무계획적이었다. 30대에는 어떤 것을 추구하며 살 것인지, 아나운서 이외의 어떤 새로운 커리어를 쌓아 갈 것인지, 당장 2년 계약직으로 근무하는 이 회사에서 나가면 어떤 일을 할지, 그 어떤 것도 생각해 두지 않았다. 언제나 나름대로 단기적 목표를 설정하거나 장기적으로 삶의 형태에 대한 그림을 그리며 살아왔던 나로서는 꽤 이례적인 경우였다.

이쯤 시작한 유튜브도 마찬가지였다. 채널을 만들면서 구체적으로 콘셉트나 주제를 정하지도 않았고, 어떤 메시지를 전할 것인지에 대해서도 전혀 생각해보지 않았다. 처음에는 별다른 계획도 욕심도 없이, 그저 '카메라 앞에 설 기회가 사라진 나를 위한 방송을 만들자' 정도의 생각으로 시작했다. 시청자를 고려하기보다는 철저히 제작자 위주의 채널이 될 수밖에 없었다. 그저 지금 떠오르는 대로, 만들고 싶은 대로 만드는 다소 이기적이고 무계획적인 콘텐츠가 하나씩 업로드되기 시작했다.

초반에는 여러 나라를 돌아다니며 찍은 여행 영상을 하나씩 편집해서 올렸다. 그러다 어느 겨울, 수능 시즌이 다가오면서 문득 수험생들을 위로하고 응원하고 싶은 마음이 들었다. 수능이라면 나 역시 징글징글한 재수생 시절을 거쳤기에, 이 이야기를 들려주면 좋겠다고 생각했다. 특별한 기획도 대본도 없이 의자에 앉아 담담하게 내 이야기를 풀어낸 이 영상의 조회수가 10만 회를 넘기고 많은 댓글이 달리면서 유명 수험생 커뮤니티에서도 인급되었다. 한 달 만에 구독자가 오천 명 이상 늘었고 고민 상담 이메일이 쏟아졌다. 즉흥적으로 만든 영상이긴 했지만, 나의 진술한 경험담이 누군가에게 도움이 될 수 있다면 계속하고 싶다는 걸 깨닫게 만든 의미 있는 계기가 되었다.

한동안 수험생 구독자분들과 수많은 상담 이메일을 주고받다가, 점차 용기가 생겨 다른 경험담들도 하나씩 풀어놓기로 했다. '누가 관심이나 가질까' 싶었던 소심한 마음이 '누구 하나에게 라도 의미 있게 가닿았으면 좋겠다'는 열망으로 바뀌었다. 댓글로 질문이 많았는데도 대답하지 않고 있었던 이야기, 바로 어떻게 회사를 나오게 되었는지에 대해 영상에서 드디어 속 시원히 털어놓았다. 이 영상도 10만 조회수를 기록했고, 이후 서른이 넘어서 아나운서 커리어를 이어가기 얼마나 어려운지에 대해 이야기한 영상도 조회수 40만 회를 넘기며 호응을 얻었다. 어떠한 계획도 기획도 없이 그저 생각나는 대로, 마음이 이끄는 대로 찍은 영상들이 좋은 반응을 얻은 것이 마냥 신기하고 감격스러웠다. 정리 안 된 고물상 같던 머릿속에서 쓸 만한 경험들을 하나씩 건져내 먼지를 털어낸 후 하나의 이야기로 만들어 내어놓는 기분이 들었다.

이렇게 공개적으로 나의 아픈 이야기들을 꺼내 놓기 전에는 이 경험들이 백해무익하다고만 생각했다. 생각하면 화가 나고 가슴 아프기만 했으니까. 하지만 어디에도 쓸 데가 없다고 생각했던 고물 같은 경험담들을 잘 정리해 세상에 내어놓으니 놀랍게도 하나의 상품이 되었다. 나의 가장 큰 약점이 될 수도 있는 이야기들이 유튜브 세계에서는 오히려 가장 강력한 무기이자 자원이었다. 앞으로 내 채널을 통해 또래의 사람들과 깊이 공감할 수 있는 이야기를 나누면서, 서로 배우고 지탱해가는 탄탄한 연대를 해나가고 싶다. 모두가 서로에게 매력적이고 새로운 고물상이 되어 끊임

없이 보물찾기를 하자고 제안하고 싶다. 나의 고물이 너의 금덩이가 될지, 혹은 너의 고물이 나의 보석이 될지 아무도 모르는 일이니까.

유튜브 세계에는
정말 매력적인 고물상 주인들이 많은데,
서로 겹치는 물건들이 거의 없더라구요.
고물상 하나 차리실 분 또 안 계신가요?

커다란 공연장에 수많은 사람들이 당신을 보기 위해 모였다. 이 공연장은 누구에게나 열려 있다. 신분증 검사를 하지도 않고 나이 제한도 없어 그야말로 모든 사람이 입장할 수 있다. 무대에 오른 당신은 가진 재능을 총동원해 사람들을 즐겁게 해주려 노력한다. 이윽고 공연이 끝나면 어디까지 펼쳐져 있는지조차 알 수 없는 관객석으로부터 다양한 반응이 쏟아져 나온다. 누군가는 찬사의 박수를 보내기도 하고, 누군가는 거침없는 야유를 보내기도 한다. 꽃을 던져 주는 사람도 있고 날계란을 투척하는 사람도 있다. 당신은 환희와 감사, 불안과 공포의 감정을 동시에 느끼면서 또 다음 공연을 준비한다.

공개적인 플랫폼에서 크리에이터로 활동한다는 건 이런 공연장에서 일주일에 한두 번씩 무대에 오르는 것과 같다. 조건 없는 사랑을 받기도 하지만, 근거 없는 추측과 이유 없는 미움을 받기도 한다. 사실 유튜브 채널 운영을 시작하기 전 아나운서로 활

동할 때부터 이런 상황에는 어느 정도 익숙했다. 이제는 고리타
분한 이야기가 되어 버렸지만 한때 '손님이 왕이다'라는 표현이 많
이 쓰였다. 억압적이고 일방적인 이 표현이 방송계로 들어오면 '시
청자가 왕'이라는 말로 슬쩍 바뀐다. 아나운서들은 시청자의 항의
전화 한 통이면 생방송 도중 의상도 갈아입어야 하고, 온갖 내용
의 충격적인 댓글들도 웃어 넘겨야 한다. 가끔 유명 연예인이 게
스트로 출연하기라도 하면, 그리고 그가 출연한 인터뷰 영상이
대형 포털 사이트 홈 화면에 뜨기라도 하면 평소보다 더 많은 악
플들을 각오해야 했다. 이런저런 도를 넘은 참견과 악플에 시달
리던 아나운서 선배 한 명은 '시어머니나 시누이보다도 무서운 게
시청자'라는 말을 농담처럼 하곤 했었다.

　악플에는 이미 단련이 되어있다고 생각했는데 유튜브 채널
을 운영하는 건 또 달랐다. 방송사 홈페이지나 포털 사이트는 관
리자가 따로 있고, 거기에 달린 댓글은 굳이 찾아 들어가서 보지
않으면 안 볼 수 있다. 하지만 유튜브 댓글은 다르다. 실시간으로
알림이 오면서 최신 댓글부터 나열된다. 방송사 게시판과 댓글창
도 '보지 말아야지' 하면서 자꾸 보게 되는데, 이렇게 실시간으로
정리되어 뜨는 댓글을 보지 않고 무시하기란 사실상 거의 불가능
하다. 구독자의 의견을 적극적으로 수용해야 채널을 운영하는 데
장기적으로 도움이 되기 때문에 항상 촉각을 세우고 지켜봐야 할

필요가 있기도 하다. 하지만 가끔은 댓글창을 잠시 닫아두고 싶을 만큼 버거운 양과 내용의 글들이 쏟아질 때도 있다.

채널에 업로드했던 영상 중에 '스펙 그까이거 다 소용 없더라'라는 제목의 영상이 있다. '20대와 달리 30대가 되니 스펙이 좋아도 서류 단계에서부터 탈락하더라' 하는 내용이다. 내 스펙을 낱낱이 밝히고 점수까지 공개하면서 취업 시장, 특히 아나운서 업계에서의 나이 제한 문제를 비판했다. 조회수가 높은 만큼 많은 시청자들이 댓글을 남겼는데, 그중 20% 정도는 욕설과 조롱, 비난과 훈계였다. '네 얼굴이 못생겨서 탈락한 거야', '인성에 문제가 있으니 그런 거겠지', '여자가 무슨 능력ㅋ 폐경 되기 전에 빨리 시집가서 애나 낳아라'. 주로 이런 내용들인데, 사실은 이보다 훨씬 더 거친 언어들로 적혀 있다.

대응을 하자면 A4 용지 한두 페이지를 훌쩍 넘길 정도의 근거를 들어가며 조목조목 반박할 수 있었다. 서류에서는 얼굴이나 인성이 보이지 않는다고. '이래서 여자는~'으로 시작하는 맹목적인 비난은 뚱딴지같은 말일뿐더러 혐오 발언이라고. 실제로 이 영상의 조회수가 5천 회 정도에 머무를 때까지는 몇몇 댓글에 이런 식으로 열심히 답글을 달았다. 내 영상의 취지를 제대로 전달하고, 그들이 오해하는 바를 바로 잡고 싶었다. 하지만 어느 날부터인가 갑자기 영상의 조회 수가 급격히 올라가면서 20만 회를 넘기

고부터는 일일이 답글을 다는 것이 물리적으로 불가능해졌다. 자고 일어나면 비난과 성희롱의 내용이 담긴 댓글들이 수두룩하게 쌓여 있었다. 아침마다 그 글들을 확인하는 건 정말 곤욕스러웠다. 잘못된 발언들인 걸 알면서도 하나 하나 반박하지 못하는 건 더 괴로웠다. 하고 싶은 말을 다 전하지 못하면 혀 아래 돌기가 돋을 것만 같았지만 헛바늘을 치료하고자 몸살을 얻을 수는 없는 노릇이었다.

'필요는 발명의 어머니'라고 하던데, 나에게는 '피로는 무시의 어머니'다. 악플에 피로감을 느끼기 시작하면서, 조목조목 따지고 대응하고 싶었던 마음들이 조금씩 사라져 가고 있다. 물론 아직도 나를 욱하게 하는 댓글들이 가끔 보이기는 한다. 그런 글에는 여전히 또박또박 답글을 적는다. 하지만 그러는 경우가 현저히 줄어들고 있는 것만은 확실하다. 그들은 진지하게 생각하고 적은 것이 아닐 텐데 거기에 대고 열심히 설명하는 노력이 아깝다는 걸 깨달았기 때문이다. 또 잘못된 걸 알려준다 한들 악플러들은 그걸 받아들일 생각이 전혀 없을 것이다. 밑 빠진 독에 물을 붓고 소귀에 대고 경전을 아무리 읽어줘도, 독은 영원히 차지 않을 것이고 소는 절대 진리를 깨우치지 못할 테니까. 좀 더 건강한 정신으로 좋은 기운을 담은 콘텐츠를 만들기 위해서, 나는 밑 빠진 독은 가져다 버리고 소에게는 큰 기대를 하지 않기로 했다.

당신을 힘들게 하는 사람이 있다면

이름 대신 소 모양의 이모티콘으로

휴대전화 전화번호부에 저장해보는 거예요!

IV

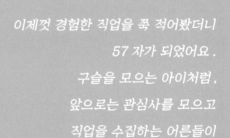

이제껏 경험한 직업을 쭉 적어봤더니
57 자가 되었어요 .
구슬을 모으는 아이처럼 ,
앞으로는 관심사를 모으고
직업을 수집하는 어른들이
점점 많아지지 않을까요 ?

이른 새벽 인천 공항. 오십을 훌쩍 넘긴 한 여자가 열다섯 소
녀처럼 설레는 얼굴을 하고 게이트에 등장했다. 그녀의 이름은 아
름다울 미, 착할 선을 써서 '미선'이다. 내가 아는 가장 아름답고
선한 여자다. 우리는 오늘 생애 처음으로 단둘이 해외여행을 떠나
기 위해 각자의 집에서 출발해 인천 공항 3번 게이트 앞에서 만났
다. 만나자마자부터 좋아 죽겠다는 표정을 감추지 못하는 미선을
보며 이번 여행을 그녀와 함께하기로 결정하길 정말 잘했다는 생
각을 했다.

아주 잘 맞는 친구가 아니면 여행 가서 싸우기 십상이라고 하
지만 미선과 나는 그럴 염려는 없었다. 우리는 내가 태어나던 순
간부터 함께 해 온 오랜 사이이기 때문이다. 사실 미선과 내가 좋
은 친구 사이가 되기까지, 우리는 꽤나 긴 시간 동안 서로를 알아
가기 위한 노력을 지속해왔다. 때로는 서로에게 상처를 주고, 미
워하며 또 용서하고 기다렸다. 그리고 삼십여 년의 시간이 흘러

우리는 오랜 여행을 함께해도 싸우지 않을, 싸운다 해도 금방 돌아올 걸 아는 둘도 없는 친구가 되었다.

꿈 많던 스물다섯 한창일 나이에 미선은 나를 낳았고, 나는 그녀의 꿈을 먹고 자랐다. 그녀는 자신이 이루고자 했던 꿈의 열매를 나에게 옮겨 심어주었다. 어찌 보면 내가 아나운서가 된 데에는 그녀의 영향이 가장 컸다. 미선은 내가 그녀의 배 속에 있을 때부터 좋은 음악과 방송을 많이 찾아 들었다. 내가 세상으로 나온 직후에는 아직 아무것도 알아듣지도 못할 갓난아이의 귀 옆에 라디오를 가져다 두고 하루 종일 틀어 놓았다고 한다.

하지만 내게 가장 직접적인 도움이 되었던 것은 바로 미선의 목소리였다. 나는 그녀의 안정적인 목소리와 말투, 정확한 발음을 들으며 한글을 깨우쳤다. 그때까지 나는 다른 친구들의 엄마들을 많이 만나보지 못했기 때문에 이것이 얼마나 감사한 특권이었는지 잘 알지 못했다. 그녀의 재능을 물려받고 끝없는 응원과 보살핌을 받은 덕분에 나는 꿈을 이루었고, 이십 대 내내 방송을 하면서 행복을 누렸다. 그리고 이제는 그 커리어의 종료를 기념하고 새로운 도전을 기약하며 미선과 함께 마드리드로 날아가고 있었다.

어릴 때 부모님과 여행을 가면 엄마, 아빠가 하나부터 열까지 모든 계획을 짜고 비용도 부담한다. 자식들은 그저 '아이스크

림 사줘' '계곡에 들어갈래' 같은 말만 하면서 철없이 즐겁게 놀다 오면 그만이다. 하지만 서른을 넘긴 자식이 부모를 모시고 여행을 떠날 때는 많은 것들이 달라져 있다. 꼼꼼하게 계획을 짜고 비용도 많은 부분 책임지게 되면서 자연스럽게 일정을 리드하게 된다. 평소 여행을 다닐 때는 무계획이 계획이었던 내가 이번만큼은 미선을 위해 꼼꼼히 조사를 했다.

지나가는 아무 버스나 타고 정처 없이 여행지를 둘러보곤 했지만 이번에는 도시와 도시 사이를 이동할 버스나 기차 티켓도 미리 다 구매해 놓고, 어느 루트로 언제 어떻게 이동할지도 정해 놓았다. 행여 너무 욕심을 부려 일상보다 더 지치는 여행이 되어 버리지 않도록 일정이 지나치게 빡빡해지지 않게 하는 데에도 신경을 썼다. 이번 여행을 오래도록 기다려왔고, 다녀온 후에도 한참을 추억할 미선을 위해 좀 더 짜임새 있게 시간을 보내고 싶었다. 미선도 여행 기간 젊은 딸에게 짐이 되지 않기 위해 잘 챙겨 먹고 잘 쉬면서 체력 관리를 했다. 우리 둘은 서로에게 편안하고 즐거운 시간을 선물하기 위해 각자 할 수 있는 것들을 하며 여행을 준비했다.

마드리드를 거쳐 세비야, 그라나다로 이동하는 동안 대부분 계획한 대로 흘러갔다. 하지만 내가 전혀 예상하지 못한 것이 있었다. 그건 바로 미선이 나보다도 스페인에 더 잘 적응할 거라는 점이었다. 나는 이번 여행에서만큼은 내가 그녀의 보호자가 될 거라고 생각했다. 모든 일정과 의사소통을 내가 주도하기 때문이다. 하지만 미선은 스페인에 도착해 하루하루가 지날수록 점점 유럽에 원래 살던 사람 같아졌다. 음식도 입에 잘 맞는다고 했고, 잠도 잘 잤다. 나중에는 구글맵 어플을 보고 있는 나보다 길도 더 잘 찾았고, 분명 스페인어를 하나도 모르는데도 마트에 가서 점원이 하는 말을 희한하게 다 알아들었다.

미선은 현명하게 자기 자신을 컨트롤하면서 동행자까지 세심하게 챙겨주는 완벽한 여행 파트너였다. 게다가 낯선 시공간에도 자연스레 적응해 곧 모든 환경을 자신의 것처럼 만드는 능력이 있었다. 나는 스페인에 있는 내내 되도록 그녀를 자세히 관찰했다. 어릴 때 미선의 음성을 들으면서 한글을 배웠듯이, 그녀의 지혜를 보면서 세상을 배우고 싶었다. 오래도록 바랐던 꿈을 이루고 또 잃어버린 지금, 내 인생의 남은 여정을 미선처럼 자유롭고 사연스럽게 헤쳐나가고 싶다.

이슬아 작가님이

글에서 항상 어머니를

'복희'라고 부르시는 것이 참 좋아 보여서

저도 엄마를 처음으로 이름으로 불러 보았어요.

사랑해 미선 씨!

## 묻지마 직업

마드리드에서 한국으로 돌아오는 비행기 안. 착륙을 한 시간 정도 앞두고 승무원이 빠른 걸음으로 지나가면서 좌석마다 세관 신고서를 건네주었다. 이름과 생년월일을 적고 나서 직업을 적는 칸을 앞두고 잠시 멈칫했다. '뭐라고 적어야 하나.' 몇 분 동안 고민한 끝에 나는 '무직'이라고 적었다. 도대체 직업은 알아서 뭐 하게? 즐거운 여행길의 마무리 시점에 이렇게 재를 뿌리다니. 애꿎은 세관신고서를 원망하면서 '무직'이라는 두 글자를 매섭게 노려보았다.

방송사를 나와서 곧바로 들어갔던 대기업 사내방송팀과의 2년 계약이 끝나고 나는 백수가 되었다. '평생직장'이라는 개념은 이미 옛이야기가 된 지 오래지만, 아나운서 취업 시장에서는 평생 직장은커녕 2년 직장이 가장 흔한 형태이다. 정규직으로 전환해 주어야 하는 의무를 아슬아슬하게 비켜 가면서 계속 새로운 사람을 찾아 고용하는 것이다. 그래도 이번에는 공정하게 퇴직금도 받고 몇 달간 실업급여도 받을 수 있으니 이 정도면 '아름다운 안녕'이다. 방송계에 근무하면서 당연한 것에도 감사하는 소박함이 생겼달까.

남들은 백수 탈출을 기념하지만 나는 백수가 된 기념으로 탈출을 선택하며 여행을 다녀왔다. 이제 한국의 일상으로 돌아가더라도 매일같이 일하러 가야 할 곳이나 매달 나오던 월급은 더이상 없다. 어떠한 의무도 안전망도 없는 완전한 자유의 몸이 된 것이다. 말로만 듣던 프리랜서. 소리 내어 말해보면 왠지 멋진 말 같지만 나에겐 왠지 모르게 두렵고 불안한 단어다. 보호자를 잃은 어른 고아가 된 느낌이랄까.

생각해보면 그동안은 나를 소개해야 할 때 학창 시절에는 학교 이름을, 회사에 다닐 때는 회사 이름을 함께 이야기했었다. 고백하건대 그땐 그 이름들이 묘하게 나를 지켜주는 느낌이 들었다. 하지만 이제는 내 이름 두 글자 외에는 어떠한 집단도 함께 거론할 필요가 없게 되었다. 어디에도 소속되어 있지 않은 적은 처음이었기에 무척 낯설고 두려웠다. 나 스스로가 대표가 되고 경영자가 되고 브랜드가 되어야 하는 상황. 이십 대 내내 회사의 이름을 내세우며 일했다면 이제 내 이름을 걸고 일해야 할 때가 온 것이다. 익숙하지도, 자신이 있지도 않았지만 이미 나는 세상에 혼자 내던져졌다.

그즈음에는 아나운서로 일했던 경험담을 이야기하는 영상을 유튜브에 업로드하기 시작했는데, 그런 주제의 영상마다 공통적으로 달리는 댓글이 있었다. '이제 아나운서 아니지 않나요?', '그만둬 놓고 아직도 자기가 아나운서인 줄 아느냐'는 식의 글들이었다. 나 자신도 지금 내가 뭘 하는 사람인지 정확히 설명하지 못하는 상황이었는데 다른 사람들은 오죽했을까. 유튜브 영상을 올리든 비행기를 타든 '너 자신이 누구인지, 무슨 일을 하는 사람인지 똑 떨어지게 설명해보라'고 요구하는 것만 같았다. 세관신고서에는 농담 반 진담 반으로 '무직'이라고, 때로는 홧김에 '백수'라고 적은 적도 있다. 하지만 인터넷상에서 혹은 실제로 만나는 사람들에게는 대체 뭐라고 이야기해야 하는 걸까. 무능력해 보이고 싶지 않은 알량한 자존심 때문인지, 직업에 대한 미련 때문인지 이때까지도 나는 스스로를 '아나운서'라고 소개하곤 했다.

무슨 일 하세요? 이 무렵 나에게는 이 질문이 가장 두려웠다. 그래서 새로운 사람을 만나는 것이 꺼려졌다. 여행을 할 때마다 세관신고서 직업란을 채우는 것도 곤혹스러웠고, 길 가다 우연히 부탁받은 설문조사에서까지 직업을 물어올 때면 괜히 신경질이 나기도 했다. 이 세상 모든 사람들이 다 직업이 있을까? 정말 다들 부지런히 무언가를 하면서 돈벌이를 하고 지내는 걸까? 그렇지 않은 사람들도 분명 있을 텐데 불쑥 '뭐 하시는 분이냐'고 묻는 건 정말 예의 없는 행동이 아닌가.

이전의 내가 둔했던 것인지, 지금의 내가 예민한 것인지 모르겠지만 나는 이 시기를 기점으로 처음 만난 사람에게 절대로 다짜고짜 직업을 묻지 않는다. '당신의 직업은 무엇입니까?'를 대신할 수 있는 좋은 질문들은 얼마든지 많다는 걸 꼭 힘주어 강조하고 싶다. '당신의 관심사는 무엇입니까?' '당신은 무엇을 할 때 가장 행복하다고 느끼나요?' '당신은 남은 생을 어떻게 살고 싶습니까?'와 같은.

지금 이 글을 읽고 있을

타의로 인한, 혹은 자신의 선택에 의한

모든 백수 분들에게

사랑과 존경의 마음을 전합니다♡

## 직업 수집가

　백수인 듯 백수 아닌 백수 같은 나… 평일인데도 느지막이 일어나 빨래를 널면서, 유행하는 노래 가사를 바꿔 농담 삼아 자조적으로 흥얼거려본다. 피식 웃으면서도 괜히 짜증이 치밀어 신경질적으로 빨래를 탁탁 털었다. 남보다도 자신이 스스로를 비웃게 되는 순간이 더 기분이 좋지 않다. 겸허하게 내가 어정쩡한 백수임을 받아들이든지, 아니면 하루빨리 내세울 만한 '타이틀'을 찾든지 해야 했다. 아나운서로서의 커리어를 마감한 후 무엇을 할지 이리저리 모색하던 중, 나는 우연한 기회에 후배와 함께 아나운서 준비생들을 대상으로 뉴스 리딩을 가르치는 과외를 시작했다. 그리고 유튜브에 올렸던 영상이 계기가 되어 간단한 러시아어 문법을 알려주는 책도 쓰는 중이었다. 분명 일정한 수익이 있었고 심지어 어떤 달에는 회사에 다닐 때보다 더 많은 돈을 벌었지만 나는 아직도 내가 뭘 하는 사람이라고 분명히 소개하지 못하고 있었다.

차라리 친한 친구나 가까운 지인이 '요즘 무슨 일해?'라고 물어온다면 엄살 피우듯 한탄이라도 할 수 있다. 나와 세관 관계자 외에는 아무도 안 보는 세관신고서에는 '무직'이나 '백수'라고 적으면서 심술을 부릴 수라도 있다. 하지만 괜히 못나 보이기 싫은 사람(예를 들면 엄마 친구분들)이나 자존심을 세워야 할 것만 같은 상대(별로 친하지 않았던 고등학교 친구)를 만나면 안간힘을 써서 내가 하는 일에 대해 굳이 설명하게 된다.

"나 요즘 유튜브 해! 그리고 아나운서 지망생 과외도 하고… 아! 책도 써. 가끔 스피치 교육 강연 같은 것도 나가고…."

무슨 놈의 직업 소개가 이렇게 구구절절하단 말인가. 나처럼 자기가 하는 일을 장황하게 설명해야 하는 사람도 없을 것이다. 학교 선생입니다, 화가입니다, 엔지니어입니다, 디자이너입니다, 사진작가입니다 등등 한 마디로 똑 떨어지게 설명할 수 있으면 좋으련만. 여기에 "그래도 다행히 회사 다닐 때랑 비슷하게 벌어."라고 아무도 요구하지 않은 자기합리화까지 덧붙이고 나면 진한 자괴감이 몰려온다. 이건 마치 직업을 말하는 게 아니라 변명을 하는 것만 같다. '나는 결단코, 절대로 백수가 아닙니다.'라고 필사적으로 주장하는.

여름 내내 심란해 하던 나에게 어느 날 남자 친구가 선물을 하나 내밀었다. 제주도의 한 숙소에서 머물며 작가들의 이야기와 강연, 음악가의 노래도 들을 수 있는 문화 행사 티켓이었다. 마침 그즈음 〈여자 둘이 살고 있습니다〉라는 책을 재미있게 읽었던 터라, 팸플릿에서 김하나, 황선우 작가님의 이름을 발견하고는 출발 전부터 설렜다. 그리고 두 분의 토크 콘서트를 관람하는 동안 이 설렘은 감격과 짜릿함으로 바뀌었다.

그날 두 분이 도란도란 진행했던 북콘서트는 그 어떤 영화나 드라마보다도 흥미로웠다. 특히 황선우 작가님의 이 한마디는 내 인생의 지표가 될 만큼 인상적이었다. "이제는 하나의 직업으로 자신을 설명하기보다는, '저는 무엇이자 무엇이자 무엇입니다'하고 여러 개의 하는 일을 나열하게 될 거에요." 머리 위로 별이 떨어져 꽂히는 느낌이 들었다. 몇 달간 가슴 속에서 나를 짓누르던 불안과 자괴감이 쪼개져 버렸다. 제주도까지 온 것은 바로 이 한마디를 듣기 위해서였다. 당연히 그럴 리가 없지만 황선우 작가님이 바로 나를 위해 오늘 이 자리에서 그 문장을 이야기하신 거라는 착각이 들 정도였다.

제주에서의 토크 콘서트 이후로 많은 것이 달라졌다. 서울에서의 내 생활은 여전히 똑같은 일정으로 흘러갔지만 그걸 바라보는 내 관점이 바뀌었다. 직업을 설명하는 말이 길면 길어질수록 구차하고 창피하게 생각됐던 것이, 이제는 전혀 그렇지 않았다. 오히려 내가 할 줄 아는 것이 이렇게나 많다고, 내가 이렇게나 다재

다능하다고, 변명이 아닌 자랑을 하는 기분이 들었다.

그리고 내가 할 수 있는 또 다른 일들을 적극적으로 찾기 시작했다. 대체 뭘 먹고 살아야 하나 걱정했던 것이 무색할 만큼, 좋은 기회들이 생각보다 내 주변에 많이 있었다. 스스로를 부끄러워하느라 그것들을 보지 못하고 잡지 못해왔던 것일 뿐. 이제 나는 투잡, 쓰리잡을 넘어, 할 수 있고 해 보고 싶은 일은 다 해 보는 'N잡러'의 삶을 꿈꾸게 되었다. 작은 명함 한 장으로는 도저히 설명할 수도, 담아낼 수도 없는 다양한 일을 하는 사람. 회사 이름이 박힌 명찰이 아닌, 여러 개의 직책과 업무를 메달리스트처럼 목에 주렁주렁 걸고 다니는 사람. 그래서 누군가가 '무슨 일 하세요?'라고 묻는다면 '한 1분 정도 들을 시간 있으세요?'하고 되물을 수 있는 사람. 나는 이제부터 그런 사람이 되기로 다짐했다.

뭔가를 꾸준히 모으는 취미를
한 번도 가져본 적이 없었는데,
처음으로 수집에 도전하는 아이템이
'직업'이 되었네요!

# 필연적인 우연

대학 시절 노어노문학과에 재학 중이던 나는 같은 과 동기, 선배들과 함께 학교에서 제공하는 프로그램을 통해 러시아에서 한 학기 동안 공부한 적이 있다. 낯설고 먼 도시로 향하던 비행기 안에서 평소에 별로 말을 많이 나누어 보지 않았던 한 선배와 우연히 옆자리에 앉게 되었다. 그때까지 제대로 대화를 나누어 본 적이 없던 사이였지만 생각보다 말이 잘 통했다. 러시아에 도착해 한 학기 동안 공부할 반 배정 시험을 보던 날. 우리는 같은 반에 배정되었다. 상트 뻬쩨르부르크 국립 대학 건물들은 도시 여기저기에 흩어져 있었는데, 나중에 보니 같이 간 우리 과 사람들 중 그 선배와 내가 속한 반만 다른 건물에서 수업이 있었다. 당시 이웃 대학 학생이 아시아인을 대상으로 한 테러를 당했던 사건이 뉴스에 보도되면서, 우리는 안전을 위해 꼭 함께 등, 하교를 했다.

당시 선배와 나는 각자 한국에서 사귀던 사람이 있었고, 꼭 그 때문이 아니더라도 서로에 대한 이성적인 감정은 전혀 없었다. 하지만 그로부터 몇 년이 지나고 대학을 졸업한 후, 우정이 깊어지고 깊어져 가장 친한 친구 사이가 되었을 때 우리는 결국 서로를 사랑하게 되었다. 지금 생각해보면 첫 만남부터 어느 것 하나 우연이 아닌 것이 없었다. 작은 우연들이 쌓이고 쌓여 결국 필연적으로 우리는 연인 사이가 되었다.

사랑뿐만이 아니다. 대학 입시를 앞두고 논술 준비를 하던 나는 우연히 눈에 띄는 책 한 권을 샀다. 앞부분의 40페이지 정도만 읽었던 것으로 기억하는데, 그 안에서 논술 시험 제시문이 출제되었다. 대학교 수시 논술에서 주어지는 제시문은 수없이 다양한 글 중 하나를 고르는 것일 텐데 하필 내가 산 책 안에서, 그것도 내가 읽은 부분에서 출제되었다니 엄청난 우연이자 행운이다. 덕분에 나는 그 대학의 수시전형에 장학생으로 합격했다.

아나운서가 된 계기도 어찌 보면 우연의 연속이다. 정확한 표준어를 구사하는 부모 사이에서 태어나 라디오와 티비 방송을 유심히 들여다보는 아이로 자랐고, 학교에서 이런저런 활동을 하면서 사람들 앞에 나서는 것에 익숙해졌다. 발음이 정확하고 말을 잘한다는 칭찬을 들으면서 자연스럽게 아나운서 시험까지 준비하게 되었다. 우연적인 일이 하나둘 생기기 시작할 때에는 이것이 어떤 결과로 나를 이끌지 예상할 수 없지만, 결과에 도달한 후에

뒤돌아보면 필연적으로 이렇게 되기 위해 그동안의 일들이 차곡 차곡 쌓여온 것만 같다.

회사에 출근하는 삶이 종료되면서 나는 유튜브 채널에 조금 더 신경을 쓰게 되었다. 그땐 이것이 앞으로 내게 다가올 모든 기회의 허브와 같은 역할을 하게 될 줄은 전혀 예상하지 못했다. 채널 운영 초반 여행 콘텐츠를 만들면서 간단한 러시아어를 알려주는 영상을 찍었었는데, 이것이 계기가 되어 러시아어 교재를 쓰게 되었다. 휴가를 계획하던 어느 드라마 캐스팅 디렉터가 내 여행 영상을 보게 된 것이 인연이 되어 종종 드라마에 아나운서 역할로 얼굴을 비추고 있다. 우연히 찍어 본 수능 경험담 콘텐츠가 좋은 반응을 얻게 되면서 유튜브 소속사가 생겼다. 'SKY캐슬'이라는 드라마가 유행했을 때에는 강남 8학군에서 학교를 다녔던 경험에 대해 솔직하게 이야기한 영상을 찍었는데, 이 영상은 120만 조회수를 기록했고 덕분에 기사까지 났다. '말싸움 잘하는 법'이라는 영상으로 스피치 교육 영상을 만들자는 의뢰를 받게 되었고, 아나운서라는 직업에 대한 이야기와 어떻게 준비해야 하는지 노하우를 담은 영상을 올린 후부터는 과외 문의가 빗발쳤다. 그리고 가장 중요한 한 가지. 내 유튜브 영상을 보신 출판사 에디터 님의 연락을 받고 나는 이 책을 쓸 기회를 얻었다.

모든 일은 전부 우연이지만, 모든 우연에는 이유가 있다. 첫 번째 수능을 망치고 처절한 재수생 시절을 보내 보지 않았다면 나는 그런 영상을 만들지 못했을 것이다. 회사에서 그렇게 잘리지 않았더라면 나는 결코 새로운 삶의 방향을 모색하지 않았을 것이다. 그리고 이 모든 아픔에 대해 솔직하게 공개적으로 말할 용기를 내지 않았더라면 지금 주어진 감사한 기회들을 잡을 수 없었을 것이다. 내게 일어난 모든 일은 다 우연이었지만, 그 우연들이 모여 필연적으로 지금의 결과를 만들어냈다. 이제는 과거에 겪었던 어려웠던 일들을 탓하거나 원망하는 데에 쓰는 에너지를 조금 줄여보려 한다. 스스로를 사랑할 수 있다면 현재의 나를 만든 모든 경험들도 소중히 여기자고 다짐해 본다. 물론 아직 덜 익은 인간인 나는 어떤 일에 또 고통스러워하고 절망할 테지만, 적어도 '또 하나의 인생 이야깃거리를 얻었다'고 생각할 수는 있을 것이다.

사랑하는 사람과 이별하면
바로 작업실로 직행해
노래를 쓴다는 가수가 있었지요.

초등학교 3학년 영어 시간. (사실 내가 열 살 때까지는 '국민학교'였지만) 당시에는 초등학교 저학년 과목 중에 영어가 포함되어 있지 않았을 때였다. 그런데 하필 우리 학교에서 시범적으로 영어 수업을 시작하겠다고 했다. 나는 아직 ABCD도 쓸 줄 몰랐다. 다른 친구들도 나와 같은 수준이었다면 크게 걱정을 하지 않았겠지만, 나는 사교육 시장의 메카라 불리는 지역에서 학교를 다니고 있었기 때문에 절대 그럴 일은 없었다. 결국 영어 시범 수업이 시작되었고, 당연히 알파벳을 외우는 단계 정도는 사뿐히 건너뛴 채 알 수 없는 대화문이 가득 들어있는 프린트물로 진도를 나갔다. 나는 영어 시간마다 머리가 아프다는 핑계로 양호실에 숨어 있곤 했다.

영어에 한이 맺혀서였는지 재미가 있어서였는지, 중학교에 들어가기 직전부터 미친 듯이 빠른 속도로 영어 문법책을 정복하기 시작했다. 그건 정말이지 정복이었다. 그 이후로는 쭉 '영어를 잘

하는 학생'으로 지냈지만 절대 올챙이 적을 잊지는 못했다. 오늘의 급식 메뉴보다 영어 수업이 있는지를 더 신경 썼던 기억은 어린 내게는 커다란 트라우마였으니까. 하지만 대학생이 되어 영어 과외 아르바이트를 시작하게 되면서, 오히려 올챙이 시절 덕을 톡톡히 보기 시작했다. 영어를 못하는 사람에게 어느 부분이, 왜 이해가 어려운지 누구보다 잘 알고 있었기 때문이다. 가끔 학생이 잘 이해가 되지 않는다는 듯한 표정을 보이면 나는 바로 "이 부분 때문이지?" 하고 콕 집어 묻곤 했다. 그러면 학생은 어떻게 알았냐는 듯 눈을 동그랗게 뜨고 고개를 끄덕였다.

솔직히 이럴 땐 여자들의 마음속 소리를 들을 수 있게 되는 이야기를 다룬 영화 '왓 위민 원트'의 주인공이 된 것 같은 자아도취에 빠진다. 사실 이건 영어를 정말 못해 본 사람이라면 누구나 잘할 수 있다. 내가 어려웠던 부분은 아이들에게도 똑같이 어렵고, 내가 혼동했던 부분을 아이들도 헷갈려 했다. 그러니까 올챙이 적 기억을 찬찬히 되짚어 보기만 하면 되는 것이다. 나는 이걸 '이성적 역지사지'라고 부른다. 아직도 그 과목을 원래 잘하던 선생님보다 못해본 적이 있는 선생님이 훨씬 더 잘 가르칠 수 있다고 믿는다.

대학교를 졸업하고 방송 생활을 거친 후 이번에는 아나운서 준비생들을 대상으로 한 과외 수업을 시작했다. 이 험난한 시험을 준비시키기 위해서는 현실적으로, 실질적으로 학생들에게 도움이 되는 조금은 강도 높은 수업을 진행해야 한다. 아나운서 과외를 시작할 때 나는 그저 아주 잘 가르치는 강사가 되고 싶었다. 수업 시간에 조금이라도 사적인 이야기를 하면 그 시간만큼 아이들에게 손해를 끼치는 것 같아 최대한 잡담과 사담은 하지 않고 7, 80분을 꼬박 채워 빡빡하게 수업을 했다.

하지만 일대일로 얼굴을 마주 보며 오랜 시간 함께 호흡을 맞추다 보면 아이들이 먼저 속 이야기를 꺼내 놓는 일이 잦아진다. 이런저런 사정을 털어놓다가 우는 학생도 많았고, 더러 나까지 같이 울어버린 적도 있다. 나는 이 길이 얼마나 외로운 길인지 잘 알고 있다. 그럼에도 자신의 길이라고 느껴지면 쉽게 포기할 수 없는 심정도 충분히 이해한다. 선생님이 이런 상황에 대해 진심으로 공감하고 있다는 것을 느낄 때 학생들이 조금이나마 덜 외로울 거라 믿는다.

누군가를 가르친다는 건 정말 어렵고 위대한 일이다. 나처럼 성격 급한 인간과는 맞지 않는 일이라고 생각해 애초에 선생님이라는 직업은 한 번도 꿈꿔본 적이 없다. 하지만 어쩌다 보니 이제 아나운서 지망생들을 가르치는 일은 내 직업에서 중요한 부분을 차지하게 되었다. 결코 적지 않은 금액을 받기 때문에 최소한 받은 만큼은 하는, 나아가서는 그 이상으로 가성비가 좋은 선생이 되는 게 목표다. 이성적 역지사지를 통해 학생들이 어려워하는 부분을 먼저 알아채고 잘 알려주는 선생, 학생들의 말을 진정성 있는 태도로 들어주는 감정적 역지사지에도 능한 선생이 되고 싶다. 말하고 보니 너무 거창해져 버렸지만 목표는 크게 가질수록 좋다기에.

사실 나는 나보다 학생들을 믿는다. 그들은 전혀 몰랐던 사실을 잘 설명해 주고, 포기하지 않도록 격려하면서 인내심을 갖고 기다리면 반드시 성장하고 발전한다. 가르치는 사람이 먼저 진정성 있게 최선을 다하면, 배우는 사람은 그 이상으로 열성을 보인다. 이런 과정을 거쳐 이전에는 풀지 못했던 문제를 풀어내거나 어려운 시험에 합격한 그들을 볼 때면 뭐라 말로 표현할 수 없는 엄청난 뿌듯함과 짜릿함이 느껴진다. 내가 그토록 사랑해 마지않았던 일을 제자들도 행복해하며 할 것을 상상하면 결코 나태해질 수 없다.

학창시절에 선생님들 성대모사를 참 많이 했는데,
알고 보니 저의 몇몇 학생들도
저를 따라하더라구요.
"뭔 느낌인지 알겠지?"
이 말을 그렇게 자주 쓴다네요^^;;

몇 년 전 우리나라에서 '워라밸'이라는 말이 크게 유행했다. '워크(work)-라이프(life) 밸런스(valance)', 즉 일과 삶의 균형이라는 뜻이다. 나는 한동안 이 단어에 꽂혀 주변 친구들에게 '너의 워라밸에 점수를 매긴다면 몇 점을 주고 싶냐'는 질문을 하곤 했다. 친구들의 대답은 매우 주관적이고 천차만별이어서, 일정한 기준을 가지고 분석할 수가 없었다. 좀 더 표본을 넓힌다면 어떨지 모르겠지만, 내가 개인적으로 들은 답변들은 '어떤 근무 환경에서 일하는가' 혹은 '연봉을 얼마나 받는가'와 같은 잣대를 들이대기에는 전혀 일관성이 없었다.

그래도 나름대로 주의 깊게 관찰을 지속한 결과, 무조건 그렇지는 않지만 대체로 업무가 적성에 맞으면 '워라밸'을 평가하는 데 있어서 관대해지는 것 같았다. 그러니까 객관적으로는 '워라밸'이 나쁘지 않은 듯 보이는 회사에서 근무하고 있더라도, 당장 이직을 하고 싶을 만큼 일이 맞지 않는다면 자신의 '워라밸'을 평가할 때에도 다소 회의적일 수 있다. 하지만 방송 업계에서 만난 친구들 대부분은 우리의 '워라밸'이 객관적으로는 높지 않다는 걸 알면서도 마음속으로는 스스로 꽤 높은 점수를 매기는 경우가 많았다.

사실 방송 관련 일을 해 본 사람이라면 누구나 공감하겠지만 이 업계에서 객관적으로 '워라밸' 점수가 높기는 어렵다. 나의 경우 진행하는 프로그램을 마치고 집에 가려다 말고 속보가 들어와 다시 스튜디오로 뛰어들어간 적도 있었고, 심지어 이미 퇴근을 했거나 잠을 자고 있어야 할 시간에도 회사에서 걸려온 전화를 받아본 적이 있다. 뉴스 진행 경력이 6년이 다 되어가던 시절에도 철야 근무를 하면서 백만 원 대의 월급을 받은 적도 있다. 그럼에도 불구하고 대체로 내가 하고 싶은 일을 할 수 있어서 행복하다고 생각했다. 일과 삶의 균형만큼, 아니 어쩌면 그보다 더 중요한 건 바로 일과 나 자신의 균형이다. 나와 일의 궁합은 업무 외의 삶에도 직, 간접적으로 반드시 영향을 미치기 때문이다. 나는 이걸 '워크와 나의 밸런스', 줄여서 '워나밸'이라고 부르고 싶다.

나에게 일이란 단순히 돈을 벌기 위한 노동 그 이상의 의미가 있다. 어릴 때부터 꿈꿔왔던 일이 현실이 된 사건이자, 나의 가치를 스스로 확인하고 증명해가는 작업이다. 흔히 좋아하는 일과 잘하는 일 사이에서 고민하는 경우가 많다지만, 나의 경우 다행히 그 두 가지가 일치했다. 일과 나 사이의 궁합이 잘 맞아떨어진 것이다. 이후로도 나는 일을 찾을 때 '워나밸'을 가장 중요하게 생각하게 되었다. 객관적인 지표인 수익이나 근무 환경, 안정성보다는 내가 그 일을 좋아하면서도 잘하는지, 결과가 좋지 않더라도 '하고 싶은 걸 했으니 즐거웠다' 하는 마음가짐을 가질 수 있는지 따위를 먼저 생각한다.

어쩌면 그래서 삼십 대 중반이 되도록 여태까지 한 번도 하기 싫거나 재미가 없는 일을 직업으로 가져본 적이 없는 것일지 모른다. 아나운서를 그만둔 이후에 시작한 유튜버, 작가, 선생이라는 직업 모두 이런 생각의 과정을 거쳐 선택한 일들이다. 좋아하는 일을 직업으로 삼으면 질려 버린다고들 하지만, 나는 아직도 여전히 일하는 시간이 즐겁다. 방송을 처음 시작했을 때를 떠올려 보면 놀면서 돈을 버는 느낌이 들었었다. 금전적 대가를 받지 않고도 일을 할 수 있을 것만 같은 기분이 들 정도였다. 하지만 지금은 시간 가는 줄 모르게 즐기면서 하는 일이라도 내 노동의 가치에 합당한 임금을 챙겨 받아야 한다는 생각은 확고하다. 이것만이 유일하게 달라진 점이다.

나는 때때로 주변 어른들로부터 '무리하지 마라', '그렇게 열심히 돈 벌지 않아도 된다'와 같은 잔소리를 들어본 적이 있다. 하지만 사실 나는 무리한 적도 없고 돈을 많이 버는 데에 집착한 적도 없다. 내 일에 쏟을 수 있는 에너지가 계속 샘솟기 때문에, 일

하는 시간 자체가 내게는 즐거운 놀이이기 때문에 열중했을 뿐이
다. 이건 나와 일의 궁합이 좋지 않았다면 절대 생겨날 수 없는
순환 구조다. 가령 내가 청소나 빨래에 쏟을 수 있는 에너지는 매
우 적다. 설거지나 밥을 하는 데 쓸 만한 에너지는 더더욱 적다.
하지만 나는 영상을 만들고, 글을 쓰고, 학생들을 가르치는 때만
큼은 배가 좀 고파도, 잠을 좀 덜 자도 힘을 낼 수 있다. 바로 이
것이 '워나밸'이 만들어내는 차이다.

사주를 볼 때마다 공통적으로 나오는 이야기가
'말로 벌어먹고 살 사람'이었어요.
이 정도면 정말 공식적(?)으로도
찰떡궁합 워나밸 아닌가요?

# 착한 학생 콤플렉스

스스로 사리분별을 할 능력이 부족한 어린 시절에는 어른들 말씀이 절대적으로 느껴진다. 말 잘 듣는 착한 학생이 되기만 하면 마치 앞으로도 쭉 성공적인 삶을 살 수 있을 것만 같다. 공부 열심히 하고 어른 말씀 잘 듣는 모범생. 10대 시절의 나는 그런 역할을 충실히 했다. 하필 아빠께서 내 이름을 '바를 정'이라는 한 자로 지어주신 바람에 자꾸 더 착하고 바른 학생이 되어야만 할 것 같은 압박을 느꼈다. 어린 시절 내가 아는 '바르다'의 기준은 어른들이 세워놓은 기준에 맞게 행동하는 것뿐이었다. 성인이 되어 나를 알게 된 사람들이라면 여기까지 읽고는 고개를 갸우뚱할 지 모른다. 그들이 아는 나는 말이 통하지 않는 꽉 막힌 어른에겐 결코 고분고분하지 않은 인간이기 때문이다.

십 년 사이에 무슨 일이 있었던 걸까. 어쩌다 어른들에게 '내 인생에 참견 말라'고 소리치는 반항아가 되었을까. 성인이 되고 나서 뒤늦게 사춘기라도 온 것일까. 한 가지 명확히 짚고 넘어갈 점은, 내가 계속 언급하는 이 '어른들'에 나의 부모님은 해당하지 않는다는 점이다. 엄마와 아빠는 우리 남매가 삶의 여러 선택지를 직접 고를 수 있도록, 강요나 압박이 아닌 조언을 해 주셨다. 내가 먼저 마음을 열고 다가가면, 솔직하고 허심탄회하게 마치 친구처럼 대화에 응해 주셨다. 오히려 나의 부모를 제외한 주변의 다른 어른들이 두는 훈수가 나를 옥죄는 경우가 많았다.

'아나운서 해서 안정적으로 먹고살 수는 있다니?', '남자 친구는 돈 잘 버니?', '결혼은 왜 안 하니?', '아이는 대체 언제 갖니?' 등등 수많은 질문을 마치 취조라도 받는 것처럼 마주해야만 했다. 아무리 열심히 살고 있어도 '다음 스텝은 언제 밟을 거냐'라는 물음은 끊이지 않았다. 분명 나 스스로는 만족하는 삶인데도 이런 질문을 들으면 끝없이 뭔가 부족한 것 같고, 괜히 불안해졌다. 더욱 중요한 건 정작 왜 그래야 하는지는 아무도 설명을 해 주지 않았다는 점이다. '그냥 그런 거니까', 혹은 '너 빼고 남들은 다 그렇게 하니까'가 가장 흔한 이유였다. 어릴 때는 이런 밑도 끝도 없는 질문들에 순진하게도 어떻게든 모두 대답을 해내려 했다. '아나운서도 정규직으로 뽑히면 꽤 안정적이래요' '결혼은 때 되면 할게요' '아이 생각은 아직 없어요'…. 이제 그만! 이십 대 중반을 거쳐 서른을 넘어가면서, 나는 더이상 이런 류의 질문에는 대답하지 않기로 했다.

애초에 한 마디로 정확히 대답하기 어렵기도 하거니와 대답을 꼭 해야 할 이유도 없다는 생각이 들었기 때문이다. 결혼이나 출산의 문제는 어느 날 어떻게 하겠다고 갑자기 정할 수가 없는 일들이다. 내 마음이 준비되었을 때 원하는 상대와 함께 적절한 시기를 잡아야 할 수 있는 것들인데 대체 어떻게 나 혼자 결정해 대답할 수가 있단 말인가. 더구나 나의 결혼이, 나의 출산이 그들의 삶과 치명적으로 밀접하게 관련이 있지도 않은데 말이다. 잔소리가 '잔소리'라고 불리는 데에는 이유가 있다. 말 그대로 도움이 되지 않거나 하나 마나 한 이야기들인 경우가 많다. 아무리 중요한 주제라도 일방적으로 몰아붙이기만 하면 잔소리가 된다. 본인이 가장 중요하게 생각하는 인생철학이라 할지라도 억지스럽게 강요하기만 한다면 '개똥철학'이 되고 만다.

내 이름의 뜻이기도 한 '바르다'의 의미를 다시 생각해 보았다. 나는 이제 예전의 착한 학생은 아니지만 그렇다고 해서 나쁜 사람이 되었다고는 생각하지 않는다. 그저 어떤 말을 받아들이기 전에 나만의 필터에 한번 거르는 사람이 되었을 뿐. 누군가 정해 놓은 절대적으로 바른 삶의 기준 따위는 애초에 없었다. 다른 사람의 삶의 방식을 존중하면서 자신에게도 가장 잘 맞는 방식을 찾아가며 사는 것, 그것이 어른이 되어 내가 정의 내린 바른 삶이다.

이제 어른들이 다음 세대에게 조금 더 중요한 이야기를 들려 줘야 한다고 생각한다. 예를 들면 결혼을 해 보니 어떤 점이 좋았고 좋지 않았는지, 혹은 아이를 낳지 않고 살아보니 무엇이 좋고 아쉬웠는지와 같은 이야기. 직접 경험해보지 못한 사람에게 생생한 인생 경험담을 들려주는 것 정도가 가장 적절한 조언일 것이다. 언젠가 나이가 들고 많은 경험을 쌓게 되면 그런 어른이 되고 싶다. 무조건 자식이나 후배를 초원에서 양 몰듯 한 방향으로 몰아가는 것이 아니라, 어디로 가면 뭐가 있는지 정도만 알려주는. 그리고 조금 더 넓은 들판을 보면서 우리가 진정으로 가고자 하는 방향이 어딘지 마음껏 상상하고 탐구할 수 있도록 조금은 고삐를 느슨하게 풀어줄 줄 아는 그런 어른. 우리 모두는 각자의 시대에 맞게 충분히 똑똑하고 지혜로우니까.

내비게이션 같은 어른이 되고 싶어요.
'전방 10km 앞에 고비가 있습니다.
속도를 늦추고 깊이 생각을 해보세요.'

사람 사이에도 마치 라디오 방송처럼 주파수가 있는 것 같다. 여러 사람을 만나다 보면 콕 집어 구체적인 이유는 알 수 없지만 왠지 모르게 '잘 맞는다'는 느낌이 드는 사람이 있다. 이런 사람과는 친해지는 데 그렇게 오랜 시간이 걸리지 않거나, 어떻게 친해진 지도 모를 만큼 어느새 자연스럽게 가까워지게 된다. 사소한 대화마저 즐겁고, 농담 한마디를 해도 재미있다. 누군가에게는 썰렁한 '아재 개그'라고 놀림 받는 이야기가 제 짝을 만나면 배꼽을 잡게 만들 수도 있다. 이것은 순전히 어느 한 사람의 특징 때문이 아니라 두 사람 사이의 주파수가 잘 맞기 때문이다

휴대폰 연락처 목록을 열어 가깝게 지내는 친구들 이름을 한번 쭉 살펴보았다. 사람 자체만 놓고 보면 참 괜찮은데 왠지 나하고는 주파수가 맞지 않는 것 같은 사람도 있고, 분명 부족한 면이 있지만 잘 통하는 사람도 있었다. 가까운 친구들의 이름을 모아보면서 이들 사이의 비슷한 점을 알아내고 싶었지만 단번에 눈에

띠는 공통점을 찾기는 어려웠다. 아주 활달한 친구부터 내성적이고 조용한 친구까지, 감정 기복이 큰 친구부터 언제 봐도 한결같은 친구까지. 나는 처음으로 내가 왜 이 친구들을 사랑하는가에 대해 진지하게 생각해 보았다.

내가 가깝게 지내는 친구들은 여러 이유에서 모두 각자 매력적이다. 이들의 다양한 성격과 성향 사이에서 결국 한 가지 겹치는 면을 발견했는데, 바로 자신의 삶을 소중하게 대하는 사람들이라는 점이다. 스스로를 제대로 사랑해줄 줄 아는 사람들은 특유의 에너지가 있다. 이들은 자기 자신과 자신의 삶에 대한 애정이 매우 깊다. 어떻게 하면 자신이 진정으로 행복할 수 있을지 진지하게 생각하고 용감하게 실천한다. 고민도 치열하게 하고, 실행도 화끈하게 한다. 대차게 실패를 하더라도 어느 정도 시간이 지나면 툭툭 털고 일어난다. 무엇보다, 자기 삶이 소중한 사람들은 다른 사람의 삶도 소중하다는 것도 잘 알고 있어서 서로를 존경하고 존중한다. 각자의 성격과는 관계없이, 이런 사람들은 참 입체적이고 생생하며 매력적이다.

문득, 그럼 친구들이 나를 사랑하는 이유도 궁금해졌다. 직접 물어보고 싶었지만 마치 연인에게 "나 왜 사랑해?"라고 묻는 것 같은 공포심을 주지 않기 위해 꾹 참았다. 대신 언젠가 친구 하나가 했던 이야기를 떠올려 보았다. "넌 참 똑똑한데 멍청해.

터프한데 섬세해. 웃긴데 진지해." 이게 도대체 무슨 소리일까. 주변에 있던 친구들도 목젖이 보일 정도로 크게 웃는 거로 보아 나를 잘 설명한 표현임은 틀림없다. 어쨌거나 나의 이상하고 특이한 주파수가 그들의 마음에 가 닿았다니 정말 감사한 일이다.

복잡한 세상을 살아가는 동안 주파수가 맞는 친구를 만난다는 건 커다란 행운이다. 라디오 주파수는 특정 대역이 있기라도 하지만 사람의 주파수 대역은 범위나 한계도 없으니 말이다. 나는 아직도 친구를 사귈 때 다른 어떤 조건보다도 나와 잘 통하는 사람인지를 가장 중요하게 생각한다. 듣기에는 모호한 표현이지만 실제로 사람을 사귀어 보면 결국에는 이것이 꽤 정확한 지표였음을 알게 된다. 언제 어디서 만날지 모르는 잠재적 친구들을 찾기 위해 오늘도 안테나를 바짝 세우고 새로운 사람들을 마주해본다.

라디오 주파수가 제대로 안 맞춰지면
'지지직'하는 잡음이 들리잖아요.
사람 사이에도 주파수가 안 맞으면
꼭 잡음이 나는 것 같아요.

어릴 때 보던 교과서 속 삽화를 떠올려보면 여자는 늘 집안 일을 하고 있었고, 남자는 의사나 판사 같은 역할로 나왔다. 일상 생활에서도 명절에 온 가족이 모이면 여자 어른들은 모두 부엌에서 일을 하고 남자 어른들은 거실에서 티비를 보며 상이 차려지기를 기다렸다. 성인지 감수성이 발달하기 전까지는 미처 예민하게 감지해내지 못했던 것들이 이십 대 중반 이후로 하나둘씩 신경을 건드리기 시작했다. 아직도 더 많이 배워야 하겠지만 우선 일상적으로 쓰는 표현, 나도 모르게 학습해버린 관습들이 새롭게 눈에 띄었다.

나는 초등학교도 들어가기 전인 어린 시절에 할머니 댁 동네 초빙 가수 역할을 톡톡히 했다. 평상을 무대 삼고 어르신들을 관중 삼아 트로트를 불러 드리곤 했는데, 당시 자주 불렀던 노래가 심수봉 씨의 '남자는 배 여자는 항구'이다. 그때는 당연히 가사 뜻도 잘 몰랐고 그저 용돈 받아서 솜사탕 사 먹을 생각뿐이었다. 그런데 성인이 되어 우연히 티비에서 오랜만에 이 노래를 다시 들었을 때는 가사가 묘하게 새롭고 이상하게 들렸다. 여자는 노래가 시작해서 끝날 때까지 그저 말없이 보내주고, 하루하루 바다만 바라보며 기다리다가 결국 눈물지으며 힘없이 돌아서기만 한다. 너무나 수동적이고 무기력해서 듣고 있는 나까지 힘이 쭉 빠졌다.

왜 아직도 남자는 '바깥양반'이고 여자는 '안 사람'이라는 인식이 남아있을까. '남자는 집안의 기둥이고 여자는 보조 역할이다', '자고로 남편이 잘돼야 아내도 따라서 잘 되는 법이다' 등등 수많은 성차별적인 이야기들을 들으면서 나는 이질감을 느꼈다. 지금이 어느 시대인가. 나도 집안의 기둥이 될 수 있다. 남편의 성공과 관계없이 나만의 주체적인 성공을 이루어낼 수 있다. 지능이나 능력이 많이 부족하거나 무엇을 크게 잘못한 것도 아닌데 왜 여성은 늘 자동차 보조석에 조신하게 앉아있는 존재로 그려지는 것일까. 여성도 스스로 인생의 운전대를 잡고 자기가 떠나고 싶은 길로 돌진할 수 있다. 굳이 이걸 힘주어 이야기하고 있는 것이 부끄러울 만큼 당연한 이야기다.

방송 업계에서도 남녀의 지위가 분명히 갈린다. 몇 안 되는 정규직 아나운서는 모두 남자 직원이고, 여자들은 모두 예외 없이 프리랜서이다. 나이 지긋한 남자 앵커와 젊고 예쁜 여자 앵커의 투샷은 너무나도 익숙한 그림이다. 무게감 있는 프로그램의 단독 진행자는 언제나 남성이고, 시사 평론가나 각 분야의 전문가와 같은 출연자 역시 대부분 남성이다. 반면 기상캐스터는 대부분 여성이고, 그들의 의지와는 상관없이 몸매의 옆 라인이 훤히 드러나는 원피스나 짧은 치마를 주로 착용한다. 성 평등 문제와 관련한 이런저런 사건들을 보도하면서도 정작 방송사 내에서의 성 평등은 이루어지지 않고 있다. 등잔 밑이 어두워도 이렇게 어둡다니.

내 유튜브 영상에 달린 악플 중에는 성 역할 고정관념에 대한 내용이 많다. '결혼이나 하세요. 더 늙기 전에', '여자는 남편 잘 만나면 장땡', '취집가세요ㅋㅋ', '그런데 집안일은 언제 하세요?', '김아나 님은 학교에선 1등일지 몰라도 1등 신붓감은 아닌 것 같네요' 등등. 실제로 내 채널 영상에 달린 댓글들이다. 요약하자면, '여자는 한 살이라도 젊을 때 재빠르게 능력 있는 남편을 만나 '취집(취업+시집)'을 가서 집안일이나 열심히 하며 살면 장땡'이라는 이야기다. 그런데 나는 1등 신붓감도 못 될 것 같다고 했으니 그렇게 사는 것조차 어려워질 노릇이다.

참 유감이다. 그런 삶을 못 살게 될 것 같아서가 아니라, 그런 삶이 좋은 삶이라고 여기는 꼭 막힌 생각에 대한 안타까움이다. 사실 나 역시 80년대 후반에 태어나 어쩔 수 없이 그 당시 문화와 사회적 분위기를 학습하며 자랐다. 지금까지의 인생 중 3분의 2를 산 지점에 도달해서야 무엇이 잘못된 것인지, 왜 그것이 불평등이고 차별인지 깨닫게 되었다. 불편한지 몰랐던 것이 불편해지고, 예민하지 않았던 부분에 예민해졌다. 조금 피곤하기도 하고 두렵기도 하지만 아마 앞으로 나는 조금 더 불편하고 예민해질 예정이다.

'한 아이가 병원에 실려왔다.

의사가 다급히 달려오며 "내 딸이에요!"라고 외쳤다.

그와 동시에 한 남자가 응급실로 들어오며

"오, 내 딸!!" 하고 소리쳤다.'

이 짧은 이야기를 읽는 도중

멈칫하며 뭔가 이상하다고 느꼈다면

우리는 좀 더 불편하고 예민해질 필요가 있어요!

유튜브 영상은 바쁠 때를 제외하면 보통 일주일에 한 개, 여유가 있으면 두 개 정도 업로드하는 편이다. 처음에는 주로 개인적인 경험담을 소재로 영상을 찍었다. 재미있으면서도 의미 있고 특이한 경험들을 중심으로 솔직한 이야기들을 풀어 놓았고, 그중 상당수가 좋은 반응을 얻었다. 특히 재수 경험이라든가 회사에서 잘린 이야기, 취업 고난기 등이 조회수가 높았다.

내 안에서 끌어낼 수 있는 것들을 거의 다 꺼내놓고 나서는 외부에서 소재를 찾을 수밖에 없었다. 책이나 영화, 혹은 다른 유튜버들의 영상을 보고 떠오른 영감에 대해 나의 시각에서 재구성해 보거나 구독자의 요청, 친구들과의 대화, 미용실에서 잠깐 들여다본 잡지에서까지 아이디어를 긁어모았다. 크리에이터는 영감을 채집하러 다니는 직업이라고 표현할 수 있겠다. 영감은 언제 어디서 마주치게 될지 몰랐다. 뇌와 마음만 열어놓고 있다면 일상의 아주 사소한 순간에도 갑자기 좋은 생각들이 떠오르곤 했다.

이건 마치 여기저기 구석에 숨어있는 구슬을 찾아 모으는 작업과 비슷하다. 일단 잘 닦아 정리해두면 나중에 비슷한 크기끼리, 혹은 잘 어울리는 색끼리 함께 엮어 예쁜 목걸이나 팔찌 같은 걸 만들어낼 수 있다. 어떤 구슬이 언제 어디에 어떻게 쓰일지는 채집자인 나조차도 예상할 수 없다. 오래도록 묵혀 놓고 잊고 있던 아이디어가 최근의 경험과 맞아 떨어지면서 독창적인 영상 주제가 탄생할 수도 있으니 말이다. 만일 당신의 아내나 남편, 아들이나 딸이 유튜브 크리에이터라는 직업을 갖고 있다면, '영상 만드는 게 일인 인간이 영상 안 만들고 뭐 하냐'는 잔소리는 참아 주길 바란다. 그들은 어쩌면 영감이 되어 줄 구슬을 찾는 중일 수도 있다. 자리에 앉아 버튼 몇 개를 누르면 자판기처럼 영상이 뚝딱 제조돼 나오면 참 좋겠지만, 그런 일은 거의 불가능하니까.

이러한 이유로, 나는 언젠가부터 '멍 때리는' 시간도 나름 의미가 있다고 생각하게 되었다. 온종일 집에서만 일하는 프리랜서가 되고 나서는 일하는 중간중간 자주 소파에 누워 뒹굴거렸는데, 그럴 때마다 이놈의 타고난 게으름을 자책하곤 했다. 하지만 가만히 생각해보면, 빈둥대는 동안 영화를 보거나 친구와 통화를 하거나 혹은 아무것도 하지 않으면서 가끔 한두 개씩의 사소한 아이디어를 얻곤 했다.

합리화를 조금 더 진행해 보자면, 그러니까 크리에이터들에게는 멍 때리는 시간조차 크리에이티브해지기 위한 과정의 일부라는 것이다. 이걸 핑계로 좀 더 자주 빈둥대긴 했지만 크리에이터에게 꼭 필요한 시간이자, 그들만이 큰소리치며 누릴 수 있는 특권이라 여기기로 했다. 멍하게 누워있던 내 머리 위로 형형색색 구슬들이 언제 갑자기 쏟아질지 모르는 일이 아닌가! 대신 구슬을 빠르게 잘 모으려면 평소에도 머리 한구석에 구슬에 대한 생각은 늘 갖고 있어야 한다. 아무런 생각 없이 다니면 눈앞의 구슬도 놓칠 수 있기 때문이다. 모든 생각을 멈추고 쉬는 완전한 '휴식 모드'와 육체는 쉬지만 머리는 돌아가고 있는 상태는 엄연히 다르다.

내 인생을 한 편의 긴 영상이라고 본다면, 여러 가지 경험을 해 보는 것도 구슬을 모으는 것과 같다. 원치 않게 정말 좋아하던 직업을 잃게 된 후 몸과 마음이 지칠 대로 지친 나는 한 달에 한 번씩 정처 없이 세계 곳곳을 누비고 다녔다. 아마 이 시기의 내 모습이 누군가에게는 대책 없이 도망치는 것으로 보였을 수도 있다.

좀 도망치면 어떤가. 모든 것이 무너져 내린 듯한 기분을 견딜 수가 없는데 억지로 이를 악물고 버틴다 한들 더 좋은 결과가 있었을까. 나는 과감하게 도망치는 걸 선택했다. 그리고 구슬을 찾기 시작했다. 도망 혹은 여행을 다니면서, 그 당시의 순간에는 어디에 쓸지 알 수 없어도 경험의 구슬들을 잘 모아둔다면 그것이 미래를 이루는 작은 조각이 될 수 있다는 걸 깨닫게 되었다. 여행하면서 카메라에 담아 둔 가슴 벅찬 풍경들, 마음속 깊이 남아 있는 기억들, 그리고 완전히 새로운 곳에서 받은 영감들은 내게 정말 좋은 영감의 재료가 되었다. 이것들을 앞으로 새롭게 찾게 될 구슬들과 함께 엮어 나만의 멋진 인생작을 만들어보고 싶다. 그날을 위해서 나의 구슬 찾기도 계속될 것이다.

구슬 아이스크림보다

더 달콤하고 소중한

나의 구슬 아이디어들!

## 그래도 천천히 앞으로 나아가요

느닷없이 회사에서 쫓겨나 황망하게 보내던 시간, 바닥을 지나 지하까지 침전해가던 시기를 거쳐 다시 세상 밖으로 걸어 나왔습니다. 텔레비전에서 나오는 제 목소리는 더이상 들을 수 없지만 책과 유튜브 채널을 통해 소통을 시작했거든요. 이제는 정치 문제나 사건사고 같은 심각한 이야기가 아니라 인생의 소소한 사건들과 하고 싶은 이야기들을 나눕니다. 말 한마디, 단어 하나도 조심해야 했던 때와는 달리 서툴고 조악해도 자유롭게 표현할 수 있어 편안합니다. 외부의 사건이 아닌 제 안에서 나오는 말을 할 수 있어서 행복합니다. 진정으로 '프리한' 프리랜서가 된 것이죠.

더이상 전화로 '일주일 후부터 그만 나오면 됩니다'와 같은 말을 듣지 않아도 되고, 그 전화가 언제 걸려올 지 불안해하며 시간을 보내지 않아도 됩니다. 비련의 '을'에서 탈출 한 뒤 지금은 자유로운 '정'으로 살고 있어요. 물론 여기서 '정'은 제 이름의 '정'입니다. 과정이 아름답지는 않았지만 그때 그렇게 회사를 나오지 않았더라면 결코 개척하지 못했을 새로운 길이니, 고맙다고 전하고 싶습니다.

누구나 첫 단계를 밟을 때엔 서툴고 느리기 마련입니다. 지금보다 조금 더 어렸을 땐 그 과정을 조금은 덜 창피하게 느꼈던 것 같은데, 서른이 넘어 이런 저런 일을 벌이고 새로운 도전을 하다 보니 왠지 지금 쯤엔 절대 바보같이 굴면 안될 것만 같은 압박이 느껴졌습니다. 아직 잘 걸을 줄도 모르는데 멋지게 뛸 줄 아는 척을 해야 할 것 같은 느낌. 사실은 아이에게도 어른에게도 처음은 낯설고 어려운 법인 데 말예요. 이 단순한 명제를 인정하고 받아들이지 못할 때 우리는 과도한 부끄러움을 느끼는 듯합니다.

저 역시 그랬습니다. 번듯한 직장 없이 혼자서 하고 있는 일들을 구구절절 설명하는 게 부끄러웠고, 그 일들이 아직 굵직한 성과를 내지 못한 것 같아 민망했습니다. 사태가 이 지경에 이르면 분명 없다고 배웠던 직업의 귀천이 생겨나게 됩니다. 스스로가 인정하지 못하고 창피해 하는 일은 귀하지 않은 일이 되어 버리지요. 그동안 저 자신이 쌓아놓은 열등감의 벽을 밖에서부터 허물어 준 황선우 작가님께 감사드립니다. 그날 제 삶의 큰 부분을 바꾸어놓은 그 결정적인 한 마디를 듣지 못했더라면 이 책도 세상에 나올 수 없었을 거예요.

　물론 '그녀는 자신감을 되찾고 행복하게 살았답니다' 하는 동화 같은 결론은 아닙니다. 이제껏 '프리'가 자유롭다는 의미로만 다가왔다면, 현실에서 부딪혀보니 그것은 곧 '아무도 책임져 주지 않는다'는 의미이기도 하다는 걸 깨달았거든요. 프리랜서로 먹고 살기 위해서는 항상 기획하고 탐구하며 발버둥쳐야 합니다. 적어도 저 같은 초보 단계의 프리랜서에게는 그래야만 기회가 주어지고 수익이 생기더라고요.

　그렇게 노를 저어 여기까지 왔습니다. 앞으로도 나아갈 길이 많이 남았지만 우선 여기까지 무사히 올 수 있음에 감사합니다. 예상치 못한 시련에 부딪혀 뒤집히고 부서질 뻔한 저를 안전하게 이끌어 준 사랑하는 사람들에게도 고마움을 전합니다. 윤주, 진현 쌤, 기문 오빠 그리고 존경하는 나의 엄마 미선 씨. 마지막으로 부족한 저의 글을 읽어주신 여러분께도 진심으로 고맙습니다. 스치듯 가볍게 읽은 단 한 편의 글이라도 작은 용기와 따스한 위로가 되었기를 바랍니다.

안녕히 계세요 여러분

**1판 1쇄 인쇄** 2020년 10월 23일
**1판 1쇄 발행** 2020년 10월 28일

**지 은 이** 김 정
**그   림** 정유진

**발 행 인** 정영욱
**기획편집** 정영주
**교   정** 유지수

**펴낸곳** (주)부크럼
**전 화** 070-5138-9971~3 (도서기획제작팀)
**이메일** editor@bookrum.co.kr
**인스타그램** @bookrum.official
**블로그** blog.naver.com/s2mfairy
**포스트** post.naver.com/s2mfairy

ⓒ 김정, 2020
ISBN 979-11-6214-345-2